マドンナメイト文庫

おさな妻 禁じられた同棲

諸積直人

目次

contents

おさな妻　禁じられた同棲

プロローグ

「先生に会えなくなるなんて……寂しいな」

つぶらな瞳を向けられ、下畑亮平《しもはたりょうへい》は胸を甘くときめかせた。

この少女に会えなくなるのかと思うと、どうしても後ろ髪を引かれてしまう。

(講師、辞めるの……先に延ばそうかな)

亮平は来月から大学の四年に進級し、就職活動に専念するつもりだった。

中途半端な時期に学習塾を退職するのは生徒らに迷惑をかけることになるため、年度替わりで身を引く選択をしたのだ。

「ぼくなんかより優秀な講師がたくさんいるから、心配しなくても大丈夫だよ」

「他の人じゃ、やる気が起きないよ……先生じゃなきゃ、いやなの」

社交辞令だとしても、素直にうれしい。

アーモンド形の目、小さな鼻、桜桃を思わせる唇。セミロングの黒髪は艶やか光沢《こうたく》を放ち、申し訳程度に膨らんだ胸が成長途上の女を感じさせる。

飛永菜津美《とびながなつみ》の愛くるしさは、教え子の中で群を抜いていた。来月には小学六年に進級し、これからますます美しさに磨きをかけていくのだろう。

「ねえ、先生」

「……ん？」

「連絡先は、やっぱり教えられない？」

「うーん、そうしたいけど……」

生徒との個人的なやり取りは塾内の相談室か、このオープンスペースだけに限られている。今月いっぱいで退職するとはいえ、決まり事は破りたくない。

「ごめんね……塾のほうから、連絡先の交換は禁止されてるんだ」

申し訳なさそうに謝罪すると、菜津美は頬をぷくっと膨らませた。

「もう……先生って、ホントに真面目なんだから！」

好意を寄せられているのは以前から気づいており、本音を言えば、今後も交流を続けたいのだが、相手はまだまだ子供なのだ。

数カ月もすれば、一講師の面影など思いだすこともなくなるだろう。

（寂しいけど、しょうがないか……）

今日の菜津美はやけに短いスカートを穿いており、目のやり場に困る。

（けっこう……肉づきがいいよな）

少女は小学四年からこの塾に通いはじめ、二年のあいだにずいぶん成長した。

あと七、八年……いや、五年もすれば、注目を浴びるのではないか。

すぐさま視線を上げれば、今度は澄んだ瞳と瑞々《みずみず》しい唇が目に入る。理屈抜きに股間の逸物が疼き、海綿体に熱い血潮が流れこんだ。

「明日の授業で、お別れなんだ……また、どこかで会えるよね？」

「あ、ああ、もちろんだよ」

上ずった声で答えた瞬間、菜津美は周囲を見回し、人影がないことを確認する。そして背伸びし、左頰にソフトなキスを見舞った。

「……あ」

驚きに目を見張るなか、彼女は目元を赤らめ、駆け足でその場をあとにする。

亮平は頰に手を当て、美少女の後ろ姿を呆然と見送った。

第一章　かぐわしき下着のシミ

1

ひと月後のゴールデンウイーク前日、菜津美は学校から帰宅するや、息つく暇もなく学習塾に向かった。

（あぁ、行きたくないなぁ……亮平先生がいた頃は、あんなに楽しかったのに）

入塾する羽目《はめ》になったのは、学業成績が上がらないことを案じたママの命令だったが、そもそも菜津美は私立の女子校に通っており、ある程度の成績を維持していれば、大学までストレートで進学できる。

小学生のうちから電車で塾通いなんて、何のために私立に入ったのか。

（ママ……何考えてんだろ）

車窓から見える風景を、菜津美は寂しげな表情で見つめた。

百五十坪の土地に建てられた三階建ての住居は、閑静な高級住宅地の中でもいちばん大きくて目立つ。

パパは貿易会社の社長、ママはエッセイストと、人が羨むほどの家庭環境なのだろうが、少女の心の中は少しも満たされていなかった。

両親は二年ほど前から夫婦仲が悪くなり、別居状態が一年近くも続いている。

ママがテレビのコメンテーターの仕事まで始め、家を留守にする機会が多くなったことが影響しているのかもしれない。

誰もいない広い家に帰るのは心もとなく、孤独感はどうしても拭《ぬぐ》えなかった。

（そのママが……）

昨夜の出来事を思いだし、困惑げに唇をたわめる。

ママは珍しく夜遅くに帰宅し、心配した菜津美は自室のカーテンの隙間から何気なく様子をうかがった。

茶色の車体は編集者・遠藤《えんどう》の車で、二人は車内で寄り添い、熱い口づけを交わしていたのだ。

ママはうっとりした顔で車から降り、遠藤を見送ってから家に入ってきた。

相手の男は大学を卒業して三年目だと聞かされており、三十七歳のママとはひと回りも違う。あまりのショックに気が動転し、部屋の中を右往左往した。

あの様子を目にした限りでは、恋人の関係としか思えない。

いったい、いつからつき合っていたのだろう。

もしかすると、パパと別居した理由はママの浮気が原因なのではないか。

(私にはいつも小言ばかりなのに、自分は何してるの？　パパにしたって、最近はほとんど連絡もないし……私のことは、どうでもいいの？)

不信感と同時に怒りの感情が芽生えた刹那、菜津美はハッとした。

ママが塾通いを命じたのは、彼とのデートの時間を捻出するためなのではないか。

午前中から午後にかけてはコメンテーターの仕事があるため、男と二人きりで過ごす時間は夕方過ぎに限られている。

(土日や夜は滅多に出かけないから、ゆっくり会えるとしたら、夕方の時間だけ……私が塾に行ってるときじゃない！　そういえば……)

今日のママは「早く塾に行きなさい」と、いつになくうるさかった。

もしかすると、今頃は自宅に彼氏を招き入れているのかもしれない。女の直感がビビッと走り、いてもたってもいられなくなる。

(塾で勉強してる場合じゃないわ)

電車が駅に停まるや、菜津美はホームに飛びだし、すぐさま階段を駆け下りた。

くしくもそこは亮平が住む町で、初恋の人の面影が頭を掠《かす》める。彼の授業最終日、手紙を出したいからと駄々をこね、住所だけは聞きだしていたのだ。

人懐っこい笑顔、優しい語り口、思いやりのこもった対応。決してハンサムではないが、人柄のよさは子供の自分でもよくわかる。

将来は亮平のような男性と結婚し、幸福な家庭を築きたい。

もちろん、生まれてきた子供に寂しい思いなんか絶対にさせない。

(……先生)

今すぐにでも、彼がひょっこり姿を現すのではないか。

少女はあたりを見回しながら、急ぎ足で反対側のホームに向かった。

2

(……やっぱり)

自宅に戻った菜津美は、愕然とした表情で立ち尽くした。

門扉の前に停まっている車は紛れもなく遠藤のもので、ママが男を家に招き入れているのは疑う余地のない事実だった。

（まだわからないわ……原稿を取りに家へ上がることは、何度もあったんだから）

門を通り抜け、そろりそろりと玄関先に向かう。

ドアノブをゆっくりと回すも、チャコールグレイの扉は開かず、どす黒い不安が夏空の雲のごとく膨らんだ。

（鍵がかかってる……どうしよう）

カバンから合鍵を取りだしたところで、胸が重苦しくなる。

入ってはいけない。もう一人の自分が耳元で囁《ささや》くも、確かめたいという気持ちは消え失せず、菜津美は音を立てぬように玄関扉を開けた。

（きっと、応接室で原稿を渡してるだけだよ……お腹が痛くなって帰ってきたと言えば、ママだって怒るはずないんだから）

言い訳を用意してから扉を細目に開ければ、三和土《たたき》に黒の革靴が置いてあり、室内はやけに静まり返っていた。

応接室はもちろん、リビングからも人の気配は伝わってこない。

（……ママ）

あまりの緊張から言葉にならず、手足が小刻みに震えだす。それでも少女は勇気を振り絞り、靴を脱いで間口に上がるや、慎重な足取りで応接室に歩み寄った。

（ドアが開いてる……部屋の明かりはついてないわ）

視線を右前方に振れば、リビングの引き戸も開け放たれており、こちらも室内照明は消されている。

不安が徐々に現実のものとなり、心臓が張り裂けんばかりに高鳴った。

三階は菜津美の部屋と大きなベランダ、二階は夫婦の寝室とパパの書斎がある。

二人がいるとすれば、やはり二階の可能性が高いか。

ママは、家族のプライベートスペースに赤の他人を連れこんだのだ。

怒りの感情を押し殺し、少女は忍び足で階段を昇っていった。

（パパが出ていったあと、書斎はママが使うこともあるし、そこで仕事の打ち合わせをしてるのかも）

わずかな期待を胸に秘め、二階に到達したところでカバンを床に下ろす。そのまま書斎に足を向けた直後、菜津美はただならぬ気配にギクリとした。

反対の方角から奇妙な音が響き、一瞬にして背筋が凍りつく。

恐るおそる振り返ると、寝室の扉が微かに開いており、隙間から女の喘ぎ声が洩れ聞こえた。

「ンっ、ふっ、ンっ、ふぅっ」

身の毛がよだち、口を開け放って呆然と立ち竦《すく》む。

(や、やだ……どうしよ)

このまま見て見ぬふりをして、家を出ていくべきか。踵《きびす》を返そうとした刹那、今度は聞き覚えのない水音が鼓膜を揺らした。

ぎゅぷ、ぎゅぽっ、ぐぽっ、じゅぷっ、ぢゅーっ、ぢゅっ、じゅるるるっ!

(何……この音)

好奇心が頭をもたげ、おぞましい気持ちを呑みこんでいく。少女は喉をコクンと鳴らし、爪先立ちで寝室に向かった。

胸に手を添え、身を屈《かが》めて扉の隙間に目を近づける。

室内の光景が視界に入るや、菜津美は悲鳴をあげそうになった。

全裸の男が佇《たたず》む前でママが跪き、反り返った男性器をさもおいしそうに舐めしゃぶっていたのである。

「ああ、お、おおっ、き、気持ちいいです」

「ふふっ、もっともっと気持ちよくしてあげる」

濃い化粧と真っ赤な口紅は、いつもの清楚なイメージとはまったく違う。

ママは樽のように膨らんだペニスを口に含み、根元まで咥えこんだあと、猛烈な勢いで顔を打ち振った。

(な、何を……してるの?)

きれい好きのママが排泄器官を口の中に入れるなんて、とても信じられない。

捲れあがった唇が節ばった胴体を往復し、オイルをまぶしたかのようにてらてらと輝きはじめる。

口の端から伝った涎が、フローリングの床に向かってツツッと滴った。

「おおっ、おおっ」

よほど気持ちいいのか、遠藤は顎を突きあげて獣みたいな声をあげる。

穢らわしいと思いながらも、菜津美は迫力ある男女の営みに息を呑んだ。

口を両手で覆い、いやらしい奉仕を瞬きもせずに見つめる。

「あぁ、だめ……もうだめです」

「ンっ、ふぅっ」

男が切羽詰まった声をあげると、ママは口からおチ×チンを抜き取り、甘ったるい声で問いかけた。

「我慢できないの？」

「は、はいっ、我慢できません」

「どうして？」

「だ、だって、飛永さんが溜めてこいっていったから」

「いつから溜めてるの？」

「はあはあ、あ、あなたと……前回にしたときからです」

「まあ！　それじゃ、二週間も溜めてきたの！」

「そ、そういう約束だったから……あ、うぅ」

「ふふっ、かわいい子だわ」

ママは目をきらめかせ、またもやおチ×チンを咥えてがっぽがっぽと舐めたてる。

「あ、はあぁぁっ」

遠藤は泣き顔で身をくねらせ、逞しい太腿の筋肉をピクピクさせた。

イクとか溜めてきたとか、どういう意味なのだろう。

気になる一方、いくら歳下とはいえ、ママが男性を積極的に責める姿は少女の胸をナイフのごとく抉《えぐ》った。

「はふっ、はふっ、んううっ」

男の声が上ずりはじめ、膝を切なそうにすり合わせる。それでもママは頰を窄めておチ×チンを吸いたて、さらには首を左右に振って高らかな破裂音を響かせた。

ぎゅぷ、くぷっ、ぐぽっ、ぐちゅちゅちゅちゅーっ！

「はうっ！　イクっ、イクっ、ホントにイッちゃいます!!」

遠藤が大口を開けて訴えると、顔の動きがピタリと止まり、ママの眉間に縦皺が刻まれた。

「ンっ、ぷはぁぁっ！」

唇の隙間から男根がぶるんと弾け、先端から白い液体が高々と跳ねあがる。とろりとした粘液はママの頭を飛び越えたあと、二度三度四度と立てつづけに放たれた。

(やだ、何っ!?)

おチ×チンの先から放たれる大量の白濁液に、目をこれ以上ないというほど開く。

「あぁンっ、すごい、全部飲みこめないわ」

ママはうれしそうに呟き、飴色の極太を先端から根元まで執拗にしごいた。

やがて放出の勢いが衰え、遠藤がポーッとした顔で大きな息を吐く。

ママも熱い溜め息をつくと、汚液にまみれたおチ×チンの先っぽを口に含んでくちゆくちゅとしゃぶった。

（やっ……き、汚い）

おぞましい光景の連続に鳥肌が立ち、肩を震わせる。

ママはペニスを吐きだし、唇の端から滴った粘液を指で掬《すく》って舐め取った。

おそらく、あれが精子なのではないか。

男女の身体の仕組みは、仲のいいおませな友だちから聞かされた。

ペニスを膣の中に入れ、放出された精子が子宮に着床して子供ができるのだ。

セックスの存在自体が衝撃だったし、最初は信じられなかったが、今では愛する者同士が交わす神聖な儀式だと考えている。

（それなのに……）

目の前の二人はただ快楽に耽っているとしか思えず、しかも相手はパパではないのだから、いたいけな少女にとっては天地がひっくり返るような出来事だった。

「はあ、ふう、はあっ」

「若いのね……まだ大きいままよ」

キングコブラを思わせる先端、太い血管がびっしり浮きでた胴体、長大な男性器はいまだに反り返ったままだ。

(パパのおチ×チンと……全然違う)

菜津美は幼い頃の記憶を手繰《たぐ》り寄せ、男の股間から伸びた牡の肉をまじまじと見つめた。

あんな大きなものが、本当にあそこの中に入るのだろうか。

想像しただけで下腹部に痛みが走り、内股の体勢から股間を手で押さえてしまう。

「脱がせて」

「は、はいっ」

ママは立ちあがりざま背を向け、両手をバンザイしてから指示を出す。

男は言われるがままセーターを頭から抜き取り、続いてレディースパンツを脱がしにかかった。

(あぁ……何、あの真っ赤な下着)

総レース仕様のランジェリーは布地面積が異様に少なく、乳房の半分が露出し、お尻の谷間も覗いている。これほど派手でいやらしい下着姿のママを、菜津美はこれまで目にしたことがなかった。

男は震える手でブラのホックを外し、今度はショーツを引き下ろす。

前方にドンと突きでた乳房、括《くび》れたウエスト、豊かな丸みを帯びたヒップ。柔らかい曲線を描く裸体は、娘から見てもセクシーで美しかった。

自分も年齢を重ねれば、ママみたいな身体つきになるのだろうか。

ちょっぴり嫉妬を覚えたところで、淫らなショーツが足首から抜き取られる。

「こっちにいらっしゃい」

「は、はい……あうっ」

ママは全裸になるや、いきり勃つおチ×チンを握りしめ、ベッドに向かって突き進んだ。

ベッドカバーとブランケットを剝ぎ取り、ベッドにのぼってヘッドボードの背にもたれる。そして、体育座りの体勢から両足をゆっくり拡げていった。

(ああ……やぁ)

女の大切な箇所は厚みのある陰唇が外側に捲れ、狭間からじゅくじゅくした紅色の粘膜が垣間《かいま》見える。自分の簡素な縦筋とはこれまた違い、菜津美はグロテスクな形状におののいた。

「お、おおっ、飛永さんっ!」

「二人きりのときは、響子《きょうこ》って呼んで」

「きょ、響子さんっ!」

遠藤が身を屈めてベッドに這いのぼり、股のあいだに顔を突っこむ。ぴちゃぴちゃとふしだらな音が聞こえてくると、ママの顔が狂おしげに歪んだ。

（やっ、やっ）

大きな身体が秘部を隠してしまったが、彼は間違いなくあそこを舐めているのだ。

「ン、あぁっ」

「おいしい、おいしいですっ！」

「もっと……そう、おつゆを舌先に絡めて……剥けてるお豆に塗って、突いたりこそいだりするの……あぁぁっ」

恥ずかしくないのか、抵抗感はないのか。

自分がされている錯覚に陥り、顔がカッと熱くなる。同時に、ぬるりとした感触が秘部に走った。

（やだ、おしっこ……漏らしちゃった）

小学六年生にもなって失禁してしまうとは、なんとも情けない。それでも目の前の光景から目が離せず、少女はその場から一歩も動けなかった。

3

「ふっ、ンっ、はっ、やぁぁっ」

鼻にかかった泣き声が耳にまとわりつき、胸のあたりがモヤモヤしてくる。無意識のうちに両手を股の付け根に差し入れた瞬間、怒ったような声が室内に響き渡った。

「もう、我慢できないわ！」

ママは男を押し倒し、大股を開いて腰を跨がる。そしておチ×チンを垂直に起こし、先っぽを唾液にまみれた割れ目にあてがった。

（や、嘘っ）

二枚の唇が左右に開き、丸々とした肉の実が膣の中に埋めこまれる。

「あ、はああっ」

ママは腰の動きをいったん止め、天を仰いでから身を沈めていった。

「あっ、くっ、くふぅ」

男性器がズブズブと挿入され、二人の口から湿った吐息がこぼれる。膣は巨大なペニスを根元まで呑みこみ、生白い恥丘の膨らみが男の下腹にべったり密着した。

（あ、あ……入っちゃった）

ママはとうとう、パパ以外の異性とエッチしてしまったのだ。

とても信じられないし、信じたくもない。

「はあっ……あなたの硬くて大きいわ」

「ぼ、ぼくも最高です」

「いい？　すぐにイッちゃ、だめだからね」

「は、はい」

ママは甘く睨みつけたあと、膝を立てて足を左右に拡げた。

さらには男の太腿に後ろ手をつき、恥ずかしい箇所をあられもなく晒す。

（あ、ああっ！）

粘液にまみれたおチ×チンが膣の中にぐっぽり差しこまれ、目《ま》の当たりにした現実にぽかんとするも、少女のショックはそれだけにとどまらなかった。

「ンっ、ふわあぁぁっ」

ママは腰を目にもとまらぬ速さで上下させ、おチ×チンの出し入れを始めたのだ。

「ぐ、くうっ」

「はっ、はっ、うっンぅぅっ！」

もっちりしたヒップが下腹をバチンバチーンと打ち鳴らし、接合部からとろみの強い粘液が絶え間なく溢れだす。

コチコチのペニスは瞬く間にぬめり返り、玉虫色に輝いた。

「ぬおおっ」

「ひぃ、やぁぁあ！」

遠藤も負けじと腰を突きあげ、男と女の獣じみた交情が繰り広げられる。

（あ……す、すごい）

醜悪という印象は拭えないのに、なぜこんなにも胸がドキドキするのだろう。

身体の中心は火照ったまま、あそこからはいまだに熱い潤みが溢れでていた。

両手で股間を強く押さえつけても、ひりつきは少しも収まらない。ママがヒップをぐるぐる回すと、男は身を反らし、裏返った声で我慢の限界を訴えた。

「ああ、響子さん！　そんなに激しくしたら、イッちゃいます！」

「だめ、だめよ！　私もイキそうなの！　もう少し我慢して!!」

「あ、ぐうっ！」

男のイクは理解できたが、女のイクとはどんな状況を表すのだろう。

なんにしても、このままでは膣の中に精子を出されてしまう。

（あ、赤ちゃんができちゃう）

目尻に涙を溜めた瞬間、ママは金切り声で指示を出した。

「いいわ、今日は安全日だから、中に出して！　たくさん出してぇえっ!!」

安全日とは、どういうことなのか。ハラハラして見守るなか、今度は遠藤が嗄《しゃが》れた声をあげながら腰を突きあげた。

「ああっ、イクっ、イキますっ」

「ひぃうっ」

ママの身体が大きく弾み、張りつめたふたつの乳房がたゆんと揺れる。

「イクっ、イクっ、出ちゃうぅっ」

「あ、あたしもイクっ……イクイク、イックぅぅンっ」

二人の身体の動きがピタリと止まり、室内が静まり返った。

おそらく、精子は膣の中に放たれたのだろう。

ママが分厚い胸にしなだれかかり、全身の肌が大量の汗で濡れ光る。

荒い吐息が微かに聞こえ、熱気といやらしい匂いが菜津美の佇む位置まで漂った。

（いや……もう、こんな家にいたくないよ）

母親の不貞を目撃したショックはもちろんのこと、自身の肉体の変化が正常な判断能力を奪った。

身体を反転させ、忍び足で寝室から離れる。菜津美は床に置いていたバッグを手に取り、三階にある自室へ一目散に向かった。

4

(ううっ、飲みすぎた)

同じ日の午後十一時過ぎ、大学の友人としこたま飲んだ亮平は酩酊状態で帰宅の途についた。

明日からはゴールデンウイークが始まるが、バイト以外の特別な予定は入っていない。地元に帰るつもりもなく、どうやら就職情報誌を読み漁《あさ》る連休になりそうだ。

(来年の今頃は、社会人として働いてるんだよな。さて……どうするか)

就職先はこの地方都市にするか、それとも生まれ故郷に戻るか、はたまた上京する選択肢もある。

いまだに決心がつかず、亮平はふらつく足取りで自宅アパートの階段を昇った。

(……あれ?)

廊下のいちばん奥、自室の扉の前に何かが置かれている。

宅急便の荷物だろうか。

怪訝《けげん》な顔で近づく最中、物影が微かに動き、亮平はギクリとして立ち止まった。

目を凝らせば、黒髪とスカートの裾から伸びた素足が確認できる。

（お、女の人が座ってるんだ……いったい、誰だよ）

女性は眠っているのか、俯き加減で顔がはっきり見えない。

慎重に突き進み、頭を傾げて覗きこもうとした刹那、彼女はいきなり顔を上げ、あまりの驚きに言葉を失った。

「あ、あ……」

「せ、先生」

「な、菜津美ちゃん!?」

少女はすかさず立ちあがり、大きな瞳を涙で膨らませた。

「せ、先生！」

いきなり抱きつかれ、咽び泣くかつての教え子を困惑げに見下ろす。傍らには大きなバッグが置いてあり、もしかすると家出してきたのかもしれない。

（小学生が出歩く時間じゃないし、その可能性は高いかも）

住所ぐらいならと、教えてしまったのはやはりまずかったか。

今さら後悔しても、あとの祭り。

何はともあれ、事情を聞いて最善の対処をしなければ……。

(近所の目もあるし、とりあえず家にあげるしかないか)

ぼんやりした頭でそう考えた亮平は、穏やかな口調で言葉をかけた。

「こんなとこじゃ、なんだし……とりあえず家の中に入ろう」

「……うん」

菜津美は離れざまコクンと頷《うなず》き、手の甲で涙を拭《ぬぐ》う。

亮平はズボンのポケットから鍵を取りだし、部屋の扉を開けると、鼻を啜る少女を室内に促《うなが》した。

「さ、バッグを持って入って」

仰天する事態ではあるが、酔いは少しも醒めず、足元がどうにもおぼつかない。

亮平は部屋の照明をつけ、水道の水をコップに汲んで一気に飲み干すと、菜津美に向きなおった。

「先生、お酒……飲んでるの?」

「あ、うん……酒、弱いのに、いつも飲みすぎちゃうんだよね……と、そんなことより、びっくりしたよ。いったい、どうしたの？　何かあった？」

彼女は質問には答えず、あたりをキョロキョロ見回しながら口を開く。

「部屋、ふたつもあるんだね」

「あ、ああ、駅からちょっと離れてるし、家賃はけっこう安いんだよ。左の部屋は寝室、右は勉強部屋と荷物置き場の代わりに使ってるんだ」

「ふうん……リビングは、テーブルも椅子もないんだ」

「一人暮らしだからね。食事は勉強部屋の机か、寝室のガラステーブルの上でとってるし、リビングを使うのは料理を作るときだけだよ」

小学六年の女の子を、寝室に招き入れるわけにはいかない。さりとて、フローリングの床に座らせるのは気が引けた。

（勉強部屋か……とっ散らかってるからなぁ）

どうしたものかと思案するなか、菜津美はすたすたと歩きはじめ、臆することなく左側のドアを開け放った。

「あ、ちょっ……」

慌てて呼び止めるも、彼女は室内に入り、ベッドの真横の絨毯に腰を下ろす。

「ここでいい」

「あ、ああ……」

しばし呆気に取られるも、亮平は仕方なくあとに続いた。

「あ……中は、となりの部屋と繋《つな》がってるんだ」

「そうなんだ。いつも、開けっ放しにしてるんだよね」

勉強部屋に通じる引き戸を閉め、彼女の真向かいに腰を落として気を配る。

「何か飲む？　腹は減ってない？」

「うん、大丈夫……一時間ほど前、ハンバーガー屋で済ませてきたから」

少女が弱々しい声で答えると、亮平は鷹揚《おうよう》とした態度で事情を尋ねた。

「何が、あったの？」

菜津美はまたもや涙を浮かべ、伏し目がちにとつとつと答える。

「家を……出てきたの……もう……あんなとこに帰りたくないよ」

パパかママに、叱られたのだろうか。

いずれにしても気分を落ち着かせ、一刻も早く親に連絡しなければ……。

(下手《へた》したら、誘拐罪で警察に捕まっちゃうかも)

背筋をゾクリとさせた亮平は、身を乗りだしざま矢継ぎ早に質問した。

「何があったのか、先生に話してごらん。パパに怒られた？　それとも、ママとケンカでもしたのかな？」

「うちね……」

「うん！」

「パパとママ、別居してるの」

「……え？」

「もう……一年近く経《た》つんだ」

思いも寄らぬ告白に、亮平は言葉をなくした。

父親は貿易会社の社長、母親はエッセイストにテレビのコメンテーター、さらには百五十坪の敷地内に建てられた三階建ての自宅、有名な私立の女子校に通っていると聞けば、典型的なお嬢様であり、何不自由ない家庭環境にあると考えてしまうのは当然のことだ。

少女からはたびたび相談を受けていたが、そんな事態に陥っているとはひと言も聞かされていなかった。

おそらく不安や寂しさは胸の奥に隠し、わざと明るく振る舞っていたのだろう。

（そうだったのか。でも……）

今は夫婦の三組にひと組が離婚する時代であり、年端《としは》もいかない女の子が家を飛びだすほどの理由とは思えない。

「あの……」

説得を試みようとした瞬間、少女の口から想定外の言葉が放たれた。

「ママね……家に男の人を連れこんでたの」

「……へ？」

「様子がおかしかったから、塾をサボって家に帰ったら……編集者の男の人と……エッチしてた」

「は？　は？」

頭の中が混乱し、全身の毛穴から汗が噴きだす。それでなくても、ベロンベロンに酔っぱらっている状態なのだ。

（あ、あの母親が……男を連れこんでセックス？）

塾の親子面談で二、三度顔を合わせ、教育熱心さもさることながら、上品で美しい女性という印象を受けた。

さすがは美少女の母親だと思ったものだが、まさかあの貴婦人が不貞行為に手を染めていたとは……。

「ホ、ホントに……見たの？」

「うん……すごいグロテスクで汚らしかった。で、すぐに荷物をまとめて、気づかれないように家を出てきたの」

「そ、そうだったのか」

「先生、いくら待っても帰ってこないんだもん。ものすごく寂しかった」

「ご、ごめんね」

すぐさま謝罪したものの、人妻の乱れ姿が頭の中を駆け巡った。少女はどんなふしだらなシーンを目にしたのか、想像しただけで全身の血が逆流する。

(や、やばい……チ×ポが勃《た》ってきた)

アルコールが血行を促進しているのか、海綿体に熱い血流がなだれこむ。

しかもこの日の菜津美はミニスカートを穿いており、もちっとした太腿と悩ましげな暗がりが牡の本能を揺り動かした。

(な、何を考えてんだ……相手は、まだ小学生だぞ)

少しでも気を逸らそうと、亮平は妥当と思われる解決策を提案した。

「そ、そういう事情なら、パパに連絡するのがベストじゃないかな?」

「……やだ」

「ど、どうして?」

「パパは忙しいのか、全然連絡ないし……三日前は十二歳の誕生日だったのに、メール一本くれなかったんだよ」

「……そうなんだ」

「第一、ママのこと話したら、絶対に離婚する羽目になっちゃうよ」

「な、なるほど……あ、携帯は持ってるでしょ！」

「持ってるけど、電話とメールしかできないよ」

「ママやパパから、連絡入ってるんじゃない？」

「電源切ってるから、わからない……私のほうから連絡なんてしないからね」

「ＧＰＳ機能、居場所がわかるアプリは？」

「……削除した」

まさに処置なし。途方に暮れて嘆息すると、菜津美は縋《すが》りつくような視線を向けた。

「先生」

「……ん？」

「ここに置いてもらうこと……できないかな」

突拍子もない懇願に、背筋が寒くなる。

家出した少女を匿《かくま》えば、警察沙汰になるのは火を見るより明らかだ。就活どころではなくなり、人生を棒に振りかねない。

「い、いや、それは……」

「ね、お願い……先生の身の回りの世話は、ちゃんとするから」

いったい、どう答えたらいいのか。ひたすら苦悶する最中、菜津美がすっくと立ちあがり、亮平は怯えた表情で仰ぎ見た。

「ちょっと、お手洗い貸してくれる？」

「あ、ああ……玄関脇のドアがトイレだから」

少女が部屋から出ていくと、緊張から解放され、疲労感がドッと押し寄せる。同時に酔いが回り、頭が左右にふらついた。

（もう、どうすりゃいいんだよ……あぁ……っ、疲れた）

ベッドに仰向けに寝転び、天井をぼんやり見つめる。

仄《ほの》かな思いを寄せていた美少女と、まさかこんなかたちで再会することになろうとは考えてもいなかった。

（そりゃ……いっしょに住めたら、楽しいんだろうけど、できるわけないよな……そんなこと）

ぼんやり考えている間に猛烈な眠気が襲いかかり、意識が徐々に遠のいていく。

目を閉じた亮平は、知らずしらずのうちに深い眠りへといざなわれた。

5

「う、うぅん」

ふんわりした感触と温もりが心地よく、亮平はまったりした時間の中でこの世の幸せを噛みしめた。

(今日はバイトもないし、いくらでも寝坊できるぞ)

寝返りを打つと、胸のあたりがやけにくすぐったく、現実の世界にゆっくり引き戻される。

どれほど、眠りこんでいたのか。目をうっすら開ければ、カーテン越しに陽の光が射しこんでいた。

(今日も、いい天気になりそうだな……待てよ)

昨夜の出来事が脳裏に甦《よみがえ》り、片眉をピクリと吊りあげる。

(そうだ……菜津美ちゃんが、俺んちに来たんだ。いったい、どういう対応をしたんだっけ……記憶にないぞ!)

ブランケットの下から覗く黒髪を目にした瞬間、亮平はギョッとした。

（ま、まさか……）

布地をこわごわ捲ると、美少女が横向きの体勢で軽い寝息を立てている。

（か、髪の毛が胸に触れて、くすぐったかったのか……な、なんてこった！）

家出したかつての教え子を説得できず、あろうことか自室に泊めてしまうとは……。

（や、やばい、やばいぞっ）

今さら親に連絡したところで、一夜を共にしたのでは感謝されるとは思えない。

どうして、呑気に眠りこけてしまったのか。

自身の頬を平手でピシャリと叩いた直後、亮平は異様な状況に気づいた。

（あ、あれ……俺……トランクス一丁じゃないか！）

シャツやジーンズは、いつ脱いだのだろう。

ブランケットをさらに捲ると、少女も衣服を身に着けておらず、抜けるように白い肌が目を射抜いた。

（ひょっ、ひょっとして……あっ、下着も穿いてないっ！）

胸は腕で、プライベートゾーンは右足で隠されているが、大切な箇所を包む布地らしきものは見当たらない。

「ひゃっ！」

「う、うぅんっ」

激しくうろたえたところで、悲鳴が聞こえたのか、菜津美が小さな呻《うめ》き声をあげる。

慌ててブランケットをかけなおし、事なきを得たが、心臓がバクバクと派手な音を立てた。

「う、うぅンっ」

「ひゃっ！」


（お、俺……何もしてないよな）

記憶の糸を懸命に手繰り寄せたが、何も思いだせない。

「ンっ……せ、先生」

「あ、お、おはよう」

間の抜けた返答をすれば、少女は瞼を指でこすりながらはにかんだ。

「ふふっ、よく眠ってたね」

「はは、おかげさまで……」

「悪いけど、シャワー浴びていい？」

「も、もちろんだよ」

その前に、聞いておかなければならないことがある。

亮平は喉をゴクリと鳴らし、消え入りそうな声で問いかけた。

「あ、あのさ……俺たち……なんで、裸で寝てるの？」

「……あ」

状況をようやく把握したのか、菜津美は身を起こしざまブランケットで胸から下腹部を覆い隠した。

「昨日のこと……覚えてないの？」

「い、いや、それは……」

「私ね……先生にずっと憧れてたんだよ。家を出るとき、真っ先に頭に浮かんだのが先生の顔だったんだ」

「それは、光栄だけど……」

「将来は結婚したいって思ってたの」

「お、俺と!?」

年齢差が十歳の夫婦は珍しくないのだろうが、相手は小学生なのである。今は結婚どころか、恋愛の対象として見られるわけもない。

それでも昨夜は泥酔していただけに、一抹の不安は隠せなかった。

「その夢……早くも叶ったみたい」

「……へ？」

「先生……責任取って、私をお嫁さんにしてね」

「あ、あ、そ、そんな……」

本当に、自分はいたいけな少女に手を出したのか、乙女の大切なものを奪ってしまったのか。

(だとしたら……ケダモノじゃないかぁっ！)

激しいショックに茫然自失するなか、菜津美は背中を優しく撫でてくれた。

「パパやママには内緒にするから、安心して。その代わり……しばらく、ここにいていいでしょ？」

思考回路はショートしたまま、今は何も考えられない。

「あたし、シャワー浴びてくる。そのあと、朝食作ってあげるからね」

彼女はおかまいなくブランケットを身体に巻きつけ、ベッドから颯爽と降り立つ。

「あっ、さ、さぶっ！」

「早く服を着れば、いいでしょ？　あ、それとバスタオル、借りたから」

「え、風呂に入ったの？」

「当たり前でしょ、あたし、お風呂に入らないと寝られないタイプなんだから。旦那さんなら、ちゃんと覚えておいて」

「だ、旦那さんって……」

おませにも、菜津美はウインクしてから部屋を出ていった。

「はあぁっ」

事の重大さを認識し、頭を抱《かか》えて溜め息をつく。

バージンを奪ってしまったとしたら、とんでもない失態である。

無意識のうちに、自分は犯罪行為に手を染めてしまったのか。しかも小学生相手に
(十三歳未満だと……たとえ合意があったとしても、淫行罪が成立するんだよな)

童貞を捨てたのだから、あまりの情けなさにこの世から消えてなくなりたかった。

今となっては、痛飲してしまったのが恨めしい。

(菜津美ちゃんも、きっと……初めてだったんだよな)

シーツを確認しても破瓜《はか》の血は付着しておらず、トランクスの中を覗いても異変はまったく見られなかった。

(血がついてないのは、タオルを引いたのかな？　まさか、処女じゃないなんてありえないし……あ、それより避妊はしたのか！)

小学六年の女子なら生理は迎えているはずで、性交すれば妊娠しても不思議ではない。青ざめた亮平は、部屋の隅に置かれたゴミ箱に目を向けた。

射精したのなら、汚液の残骸はティッシュで拭き取っているはずだ。確認しようとベッドから立ちあがったとたん、バランスを失い、絨毯の上に頭から転げ落ちた。

「あつっ、あつつつっ」

額をしこたま打ちつけ、踏んだり蹴ったりの事態に泣きたくなる。

「俺……なんか悪いことしたかよぉ」

愚痴をこぼしてから頭を起こそうとした刹那、ベッド脇に雑然と置かれた少女の衣服が目に入った。

(こんなとこに脱ぎ捨てて、だらしないなぁ……あっ)

ブラウスとスカートのあいだから、白いフリルが覗いている。

「ま、まさか……」

真顔で生唾を飲みこむも、異性の下着を手にするのは紳士協定に反するのではないか。とっさに自制心を働かせるも、好奇心は渦を巻いて迫《せ》りあがり、悶々とした気持ちは少しも消え失せない。

耳を澄ませば、リビングの方角からシャワーの音が微かに聞こえ、目つきが野獣さながら鋭さを増した。

（菜津美ちゃんのおマ×コを……包みこんでたパンティ）

絶世の美少女は、どんな下着を穿いているのだろう。

悪魔に魂を売り渡した亮平は、衣服の合間から白いコットン生地を引っ張りだした。

フロントの上部に赤いリボンをあしらったパンティが、神々《こうごう》しい輝きを放つ。

「はあはあっ」

心臓がドラムロールのごとく鳴り響き、牡の肉がみるみる体積を増した。

背徳的かつ倒錯的な行為に後ろめたさはあるものの、獣じみた性衝動は怯《ひる》まない。

こんなに昂奮したのは、生まれて初めてのことなのではないか。

鼻をそっと近づけると、甘酸っぱい芳香がふわんと漂い、怒張がひと際ひりついた。

（な、菜津美ちゃんの体臭だ……クロッチは、どうなってんだろ？）

全神経が下着の裏地に集中し、ペニスが痛みを覚えるほど突っ張る。

亮平はパンティのウエストに指を添え、秘めやかな箇所をそっと覗きこんだ。

「あ、あ、あぁっ」

衝撃の光景に目を丸くし、身を硬直させる。

下着の船底にはハート形のシミがくっきりスタンプされ、中心にはレモンイエローのラインが走っていた。

周囲には白カビのような粉と粘液の乾いた跡が、びっしりこびりついている。

(女の子の下着って、こんなに汚れるものなんだ。あ、もしかして……)

菜津美は、母親の不貞行為を目撃したあと、すぐに荷物をまとめて家を出たと言っていた。

おそらく、下着を穿き替える余裕はなかったのではないか。

だとすれば……。

(このカピカピしたものは、愛液じゃないのか?)

見てはいけないものを見てしまった後悔はすぐさま吹き飛び、代わりにどろどろした牡の淫情が迸《ほとばし》った。

布地の外側からクロッチを押しあげ、乙女の汚れを剝きだしにさせる。ワクワクしながら鼻を寄せると、柑橘系の香りに続いてアンモニアとナチュラルチーズの匂いが鼻腔を燻《いぶ》した。

(うおっ!)

まさか、絶世の美少女がこんなふしだらな媚臭を放つとは……。

驚愕したものの、嗅覚を刺激する芳香は紛れもない現実なのだ。

菜津美の秘所をじかに嗅いでいるような気分になり、ペニスの芯がジンジン疼く。

亮平は鼻の穴を拡げ、乙女の恥臭を胸いっぱいに吸いこんだ。

（あぁ……菜津美ちゃんの匂い……おマ×コの匂いだ）

香気とは決して言い難《がた》いのに、なぜこんなにも昂奮するのだろう。瞬時にして目が虚ろと化し、性感覚が極限まで研ぎ澄まされる。

（あぁ、やばい、やばい……もう我慢できない）

菜津美が浴室に向かってから、まだ五分も経っていない。

ばれないと判断した亮平は、鼻息を荒らげてトランクスを脱ぎ下ろした。

剛直が反動をつけて跳ねあがり、下腹をバチーンと叩く。

パンパンに張りつめた亀頭、がっちりした肉傘、稲光を走らせたような静脈。これほどの昂《たかぶ》りを目にしたのは、初めてのことではないか。

「はあふう、はあはあっ」

亮平はティッシュ箱を引き寄せ、絨毯の上にティッシュを敷き詰めて自慰行為の準備を整えた。

湿り気のある股布を迷うことなく鼻に押しつければ、芳醇な恥臭が鼻腔から大脳皮質を光の速さで突っ走る。

（う、おおぉぉっ）

ペニスを軽くしごいただけで高揚感に包まれ、性の悦びに背筋がゾクゾクした。理性もモラルも忘我の淵に沈み、就職できなくても人生を棒に振ってもかまわないと思った。

今は何も考えず、二度と味わえないであろう快楽にすべてを委《ゆだ》ねたい。

(あ、ああ……すごい匂い……た、たまらん)

性感は急上昇のベクトルを描き、滾る牡の証が早くも射出口をノックした。

「す、すぐにイッちゃいそう……あ、あ、イクっ、イクっ」

ふたつの肉玉が持ちあがった瞬間、部屋のドアが開き、天国から地獄へ真っ逆さまに叩き落とされる。

「ちょっと！　何やってんの!?」

黄色い声にビクリとするも、猛々しい牡の排出は止められず、おちょぼ口に開いた尿道からおびただしい量の樹液が高々と舞いあがった。

「あ、あああっ！」

「きゃっ！」

淫欲のエネルギーはティッシュを飛び越え、少女が脱ぎ捨てた衣服にぶちまけられる。吐精は一度きりでは終わらず、脈を打つたびにザーメンを撒き散らした。

（あ、あ……なんてこった）

少女の使用済みの下着を鼻に押しつけ、ペニスをしごいて射精まで見せつけてしまったのだ。

手からパンティがこぼれ落ち、情欲の炎が冷や水を浴びせられたように鎮火する。

横目でチラリと見やれば、菜津美はバスタオル姿で呆然と立ち尽くしていた。

この状況では、もはや言い訳できない。

いまだに勃起状態のペニスを両手で隠し、亮平はただ肩を竦めることしかできなかった。

第二章　手コキと口唇愛撫の快楽

1

（ちょっと……かわいそうだったかな）

洗濯機を回しつつ、菜津美は反省することしきりだった。

処女を奪われたと偽り、強引に居座った挙句にオナニーシーンまで目撃してしまったのだ。シャワーを浴びている最中にパンティのことに気づき、慌てて戻ったのがまずかった。

まさか真面目な先生が汚れた下着を嗅ぎ、おチ×チンをしごいていようとは……。

よほど恥ずかしかったのか、亮平はとなりの部屋に閉じこもり、三十分以上経っても出てこない。

（でも、びっくりした……先生も、あんなにたくさん出すんだ）

迫力ある射精、とろとろの精子、鼻先まで漂う生臭いにおい。二日続けて男性の放出シーンを目にした女の子が、いまだかつていただろうか。

昨日は嫌悪感でいっぱいだったが、今日はなぜか好奇心のほうが勝っている。

（先生の奥さんになるんだもん。エッチだって、することになるんだから。でも……やっぱり、まだ早すぎるのかな）

亮平のモノは遠藤ほど大きくなかったが、それでも膣の中に入るとは思えない。

処女喪失のシーンを想像し、不安に見舞われるも、いつかは経験しなければならないことなのだ。

（あたし……先生のこと、愛してるんだから）

亮平との甘い結婚生活を妄想するだけで、いやなことはすべて忘れられた。

このまま、ずっといっしょにいられたらいいのだが……。

「あ、そういえば……朝食、まだ食べてないんだっけ。奥さんなら、料理ぐらいはちゃんと作れないと」

菜津美は浴室の脱衣場からリビングに向かい、冷蔵庫の扉を開けた。

（やだ、ビールしか入ってないじゃない……いつも何食べてんだろ？　買いだしに行かないと）

　幸いにも、昨日のうちにこれまでのお年玉貯金を全額引き下ろし、手元には二十万近くの現金がある。

　菜津美は亮平のいる部屋に歩み寄り、ドアを軽くノックした。

「先生……先生？」

　いくら声をかけても、なんの返答もない。眠ってしまったのだろうか。

「先生、食べるものないから、ちょっと買いだしに行ってくるね」

　バッグを手に取り、中から財布を取りだしたところでドアが開き、青白い顔をした亮平が姿を現した。

「ど、どこに行くって？」

「買いだしだよ。冷蔵庫の中、何も入ってないんだもん」

「だ、だめだよ！」

「どうして？」

「君は家出してきたんだろ？　知ってる人に見られたら、どうすんの！」

「あ……そうか」

「買いだしなら俺が行くから、君は絶対に部屋から出ちゃだめだよ」

「わかった……じゃ、お金渡しとくから」

「いいよ、そんなの……とりあえず、パンとミルクでいいかな？」

「今夜はシチューを作るから、鶏肉と野菜類、あとブイヨンも買ってきて」

「わかった……でも、これだけは約束して。外には絶対に出ないこと、いい？」

「うん、約束する」

にっこり笑顔で答えると、愛しのダーリンは視線を逸らす。そしてジャケットを羽織り、ムスッとした表情で玄関口に向かった。

やはり、いきなりの訪問を怒っているのだろうか。それとも、一人エッチを見られたことを気にしているのか。

(たぶん……どちらもかな)

反省する一方、これほど満ち足りた時間を過ごすのはいつ以来のことだろう。

胸の高鳴りを抑えられず、これからの生活に思いを馳せる。

このとき、菜津美は亮平に女の子の大切なものを捧げる決意を固めた。

2

「そうだ、このあいだに部屋の掃除しといてあげよ」

亮平が出てきた部屋に入れば、フローリングの床に服や本、コンビニの袋などがそこかしこに散乱していた。

男という生き物は、これほど整理整頓が苦手なものなのか。

「掃除機は……」

菜津美はあたりを見回し、部屋の隅に置かれた勉強机に目をとめた。

（あ……パソコンだ）

ママが口走っていた「安全日」という言葉を思いだし、机にゆっくり歩み寄る。

（どういう意味なのか、調べようと思ってたんだ……電源、ついてるのかな）

キーボードを何気なく触ると、ブーンという音が鳴り響き、スリープ状態だったらしい。さっそく椅子に腰かけるや、画面に女性の顔とペニスが映り、あまりの驚きに口を手で覆った。

「やぁァン！　何、これ!?　あそこが、はっきり映ってるぅ……こんなの、犯罪じゃないの？」

菜津美もデスクトップ型のパソコンは所有しているが、フィルタリング設定されており、アダルトサイトはいっさい見られないのだ。

（あ、これ……画像じゃない、動画だわ）

再生ボタンをためらいがちにクリックすると、スピーカーから女の艶声といやらしい音が聞こえてくる。

カメラのレンズがズームアウトし、全体像が映しだされると、男と女がベッドの上で互いの性器を舐め合っていた。

「な、何、この格好？」

シックスナインの体位など知るよしもなく、今はただ呆然と見つめるしかない。

『あぁン、いい、気持ちいい！　挿《い》れて、もう挿れてっ!!』

体格のいい男が身を起こし、男根の頭をブンブン揺らす。

女性が放つセリフもぐっしょり濡れたあそこもママと同じだが、どうやら男女の営みにはさまざまなバリエーションがあるらしい。

女性が四つん這いになると、男は背後からおチ×チンを膣の中に差し入れた。

『ひ、ぃぃやぁぁあ！』

狂おしげな悲鳴にビクリとするも、画面から目が離せない。部屋の掃除は、もう頭の片隅にすら残っていなかった。

映像の中の男女はその後も向かい合わせ、抱っこちゃんスタイルに横向きと、これまた多彩な体位で快楽を貪《むさぼ》る。

(やだ……またおしっこ漏らしちゃった)

股の付け根がカッカっと熱くなり、あそこから温かい湯ばりが溢れだす。

下着は今穿いているものを含めて三枚しかなく、一枚は洗濯中、残りは一枚しかないのだ。

(もしかすると、これって……)

おしっこではなく、ママや動画の女性が溢れさせているものなのではないか。

困惑げに内股をこすり合わせた直後、女は顔をくしゃりと歪めた。

『あぁ、やあぁぁあ、イクっ、イッちゃうぅっ!』

男は膣からコチコチのおチ×チンを引き抜き、腰を浮かして女を仰向けに寝かせる。

次の瞬間、少女はとんでもない光景に度肝を抜かれた。

ペニスの先端を女の顔に近づけ、精子を口元から鼻筋にかけてぶちまけたのだ。

「う、嘘っ……やあぁっ」

粘液が唇の狭間に流れこみ、男の呻《うめ》き声がスピーカーから洩れ聞こえる。

女はうっとりした表情で口を開け、汚液にまみれた先っぽを口に含んでチューチューと吸いたてた。

(こ、こんなことまで……するんだ)

男と女の蜜事に、タブーという文字はないのか。

毒気に当てられて啞然とするなか、動画が停止し、菜津美は息を大きく吐いた。

デスクトップを確認し、「XXX」と記された怪しげなフォルダを開けば、エッチな動画がわんさか出てくる。

「女王様とM男」「美少女の濡れた下着」「お掃除フェラ特集」「ハレンチ女学院　ご褒美は聖水」

いかがわしいタイトルが次々と目に飛びこみ、もはや呆れるしかない。

真面目で大人しそうに見えた亮平が、こんな変態的なアダルトビデオを鑑賞していたとは……。

(それとも……男の人って、みんなエッチなことばかり考えてるのかな)

いちばん初めのタイトルをクリックすれば、ボンデージを着た美しい女王様が全裸の男性を苛《さいな》んでいた。

ペニスと陰嚢の根元には金属製の輪っかがはめられ、反り勃つ肉胴には無数の静脈が浮きでている。

(な、何……このおチ×チン!?)

興味津々に身を乗りだし、無修正の男性器を食い入るように見つめる。

『ふふ、どうしてほしい？』

『ああ、お仕置きしてほしいです』

女王様はソファに座り、正座の男の股間にハイヒールを伸ばした。

細い踵が、太い芯の入った裏茎をギュッギュッと押しこむ。男は痛そうにするどころか、恍惚とした表情で口をだらしなく開けた。

『ああ……き、気持ちいいです』

『ふうん、気持ちいいんだ？　こんなひどいことされてるのに』

足に力が込められ、充血したペニスがみるみるひしゃげる。これがサドマゾというものなのか、刺激的なシーンの連続に開いた口が塞がらない。

『あ、そんなに激しくしたら、イッちゃいます』

『ふふっ、おチ×チンにコックリングはめてて、イケるのかしら？　いいわよ、イッてごらん』

『あ、ううっ！』

ＳＭの衝撃もさることながら、毅然とした女王様の対応が乙女心をくすぐった。流麗な弧を描く細眉、ブルーのアイシャドウ、グロス入りなのか、艶々した深紅のルージュが蠱惑的な雰囲気を醸しだし、憧れに近い感情を抱かせる。

（……カッコいいかも）

自分も早く大人になり、この人みたいな女性になりたい。そうなれば、誰に憚《はばか》ることなく亮平と会えるのに……。

「はあっ」

菜津美は動画を停止させ、今度は「美少女の濡れた下着」をクリックした。打って変わって明るい画面になり、ハイティーンと思われる丸顔の女の子がベッドに横たわる。彼女は自ら足を開き、恥ずかしげに身をくねらせた。

ビキニショーツの股布が割れ目に食いこみ、ふっくらした大陰唇が盛りあがる。男の手がニュッと伸び、パンティが脱がされると、クロッチにはグレーのシミと粘液がたっぷり付着していた。

男は汚れた裏地をベロベロ舐め回し、いやでも亮平の無作法を思いだす。続いて男が大股開きの股間に顔を埋《うず》め、ピチャピチャと猫がミルクを舐めるような音が耳に届いた。

『あ、はぁあぁン』

女の子が鼻にかかった声を放ち、次第に変な気持ちになる。

スカートをたくしあげ、パンティのウエストから手を差し入れると、熱い潤みがくちゅんと跳ねた。

(ねとねとしてる……やっぱり、おしっこじゃない)

小さな肉の尖りに触れただけで青白い性電流が背筋を走り抜け、菜津美は初めて味わう感覚に目をしばたたかせた。

(やだ……すごく気持ちいいかも)

はしたない行為に耽ってはいけない。理屈ではわかっていても、指の動きは止まらず、全身がふわふわする感覚に包まれた。

(だ、だめだよ、こんなことしちゃ……またパンツを汚しちゃう)

女の中心部を苛む快感に抗《あらが》えず、パンティを下ろしてスライドを速める。

「あ、や、やあぁあ」

敏感なスポットを弄《いじ》れば弄るほど快美は増し、頭の中が飽和状態と化した。

(あ、あぁ、いい、いいっ)

椅子の背にもたれ、大股を開いたまま、天上に向かって一直線に駆けのぼる。

十二歳の少女が、性の扉を開け放った瞬間だった。

3

「先生、お風呂上がったよ」

「あぁ、そう……あっ、またそんな恰好して！」

少女はバスタオル姿のまま寝室に入り、亮平は顔を真っ赤にしてたしなめた。

「ふふっ」

「な、何がおかしいの？」

「私が作った夕ご飯、どうだった？」

菜津美が作ったクリームシチューは、お世辞ではなく、本当においしかった。

「うん……まさか、あんなに料理が上手《じょうず》だとは思ってなかったよ」

素直な感想を告げると、美少女は自慢げに胸を張る。

「最近はママが出かける機会が増えたから、料理ぐらいできるように勉強したんだ」

「そ、そう」

この子の家出のきっかけは、母親の不貞行為を目撃したからである。ショッキングな出来事なのはわかるが、このまま家に置いておくわけにはいかない。

日が経てば経つほど、自分の立場は悪くなるのだ。

(酔っぱらって寝ちまったのが、いちばん痛かったな。しかも……あんな恥ずかしいところを見られちゃうなんて)

朝方の愚行を思いだし、穴があったら入りたくなる。

使用済みの下着の匂いを嗅ぎまくり、さらには射精シーンまで見せつけてしまったのだ。

羞恥といたたまれなさから部屋に閉じこもってしまい、その後は食料品や生活用品を三回も買いに出かけたため、帰宅を促すタイミングを逸してしまった。

(歯ブラシやバスタオルまで買わされちゃったもんな……ホントに、このまま居座るつもりなのかな)

できれば、自分の口から家に帰ると言ってほしい。

「あの……」

上目遣いに顔色をうかがうも、菜津美は屈託のない笑顔を見せるばかりだった。

「うん、何?」

「これからのことなんだけど……」

なんとか説得を試みようにも、聡明な少女は先手を打って釘を刺す。

「……帰らないからね」

「え？」

「家に帰ったら、どこにいたのか、ママに厳しく問い詰められるのは決まってんだから……どう答えたらいいの？」

塾での面談時、菜津美のママは娘のことに関して最初から最後までしゃべりっぱなしだった。教育熱心なのは理解できたが、あまりの迫力にたじろいだほどなのだ。

（あの口うるさそうな母親じゃ、確かにとことん追及されるかも）

困惑の表情をする亮平に、少女はさらなる追い打ちをかけた。

「先生とあたしは、もう他人じゃないんだから」

「い、いや、でも……」

「それに……あんなひどいものを見せておいて、帰れなんて言わないよね？　ママに話したら、どんな顔するかなぁ」

「ひっ！」

冗談ではない。アブノーマルな自慰行為をばらされたら、間違いなく変質者扱いされてしまう。そのまま警察に通報されたら、一巻の終わりなのだ。

「あたし、ショックだったなぁ……先生がケダモノみたいなことするなんて」

「わかりました、わかりました！　もう、好きなだけ居てください!!」

涙目になったところで、菜津美は勝ち誇った顔をする。

もしかすると、この子はいじめっ子の気質があるのかもしれない。

「そんなに心配することないよ。だって……あたしは先生の奥さんだもん」

「はあ？」

「夫婦なら、どんないやらしいことしたって罪にはならないんでしょ？」

「そ、そりゃ、基本的にはそうだけど……」

結婚できる年齢に達していないことはわかっているはずなのだが、今の彼女は完全に奥さん気取りだ。

果たして、この奇妙な同居生活はいつまで続くのだろう。

「はあっ」

「どうしたの？　溜め息なんかついて？」

「おいしいもの食べたから、眠くなってきたの……先生も、風呂に入るからね」

亮平は腰を上げ、チェストからバスタオルと替えの下着を取りだした。

すらりとした生足が気になり、目のやり場に困る。とりあえず、浴室に逃げこむことしか思いつかなかった。

「ふふっ、明日の朝は和食だから、楽しみにしてて」

「あ、ありがと」

「じゃ、あたし……となりの部屋に行くから」

「ああ、布団敷いといたからね。えっと、寝間着は……」

「大丈夫、パジャマは持ってきてる」

「あ、そう……今度はちゃんと着て寝るんだよ」

「はぁい」

にっこり笑う菜津美を横目に、亮平は寝室をあとにした。

脱衣場で服を脱ぎ、熱めのシャワーを浴びて気持ちを落ち着かせる。

(九時すぎか……寝るには、まだ早いよな。このあと、いったいどんな展開が待ち受けてるんだろ)

理性を懸命に保とうにも、ベッドを共にした感覚が甦《よみがえ》り、股間の逸物がピクリと反応した。

温かくて柔らかい肌の感触は、忘れようとしても忘れられない。

どうせ犯罪者の烙印を押されるのなら、とことん快楽を貪っても同じことなのではないか。

(いかん、いかん！　同じわけないだろ!!　本当にエッチしたのか、まだわからないんだから！)

性交渉があるかないかで、罪の重さは雲泥《うんでい》の差があるはずだ。とはいえ……何もなかったとしても、誰が信じてくれるだろうか。

最悪の結末を想像した瞬間、悪寒が走り、心臓が縮みあがった。

(やっぱり、親に連絡したほうがいいよな……たとえ警察に通報されても、正直に話せば、きっとわかってくれるはずだよ)

ゴミ箱を調べても、情交を証明するものは何ひとつ見つからなかった。

あと始末をせずにシャワーを浴びたとも考えられるが、そもそも酩酊状態で小学生の女の子の処女を奪えるとは思えない。

菜津美は全裸、自分はトランクス一丁というのも不自然である。

おそらくパンツだけを残して衣服を脱がせ、既成事実を装ったのではないか。

(家に帰りたくないのはわかるけど……)

彼女はこちらの心情を慮《おもんぱか》ることなく、見せかけの新婚生活を楽しんでいるようだ。

たとえ嫌われたとしても、一刻も早く家に帰らせたほうがいい。

（よし、心を鬼にするぞ！）

ここに来て理性とモラルを取り戻し、ようやく強い気持ちで対応する覚悟を決める。

風呂から上がり、寝室に戻ると、となりの部屋に通じる引き戸はぴったり閉められていた。

耳を澄まして様子をうかがうも、物音はいっさい聞こえてこない。

（何やってんだ……本でも読んでるのかな？）

どうにも気になり、小さな声で呼びかける。

「……菜津美ちゃん」

勉強部屋から返答はなく、亮平は戸を微かに開けて室内を覗きこんだ。

（あ、あれ……真っ暗だ）

耳をそばだてれば、慣れない家事に疲れたのか、軽い寝息が聞こえてくる。

「菜津美ちゃん」

もう一度声をかけるも、少女は布団に潜りこんだままピクリとも動かなかった。

（チャ、チャンスだ）

美人の母親は、娘の失踪に心を痛めていることだろう。おそらく、昨夜はまともに寝ていないのではないか。

頃合いを見計り、音を立てぬように戸を開けて室内に忍びこむ。お目当ては、布団の真横に置いてある薄桃色のバッグだ。

亮平は中から少女のスマートフォンを取りだし、電源を入れて母親に連絡しようと考えたのである。

(電話番号の交換もしちゃったし、俺の連絡先も消しとかないとな)

寝室から漏れる明かりを頼りに、四つん這いの体勢で近づいていく。

ここで、気づかれるわけにはいかない。いったん止まって様子を探るも、菜津美は無反応のまま目を閉じていた。

彼女は仰向けに寝ており、ゆっくり慎重に突き進む。

(おっ、ラッキー、チャックが半分開いてるぞ)

この状況なら、わざわざバッグを部屋の外に持ちださなくてもよさそうだ。

これ幸いと隙間に手を差しこもうとした刹那、小さな呻き声が聞こえ、全身の毛穴が一瞬にして開いた。

「う、ううンっ」

少女は寝返りを打っただけで、目を覚ましたわけではないらしい。

(はあっ……寿命が一年は縮んだな……でも背中を向けてくれたおかげで、バッグの中は探りやすくなったぞ)

ひとまず身を起こし、額に滲んだ汗を手の甲で拭《ぬぐ》った直後、またもや想定外の出来事が待ち受けていた。

掛け布団がずれ、真っ白な生尻がちょこんと覗いていたのである。

(な、な、なんだ⁉　まさか、また裸で寝てるのか!)

首を伸ばして確認するも、下着らしきものは見られず、もちろんパジャマも着ていない。布団の反対側に目を向ければ、バスタオルが丸まった状態で置かれていた。

(ど、どういうつもりなんだよ……ちゃんと服を着て寝ろって、言ったのに)

訳がわからず、正常な思考が停止する。

亮平は微動だにせず、丸々としたヒップに熱い視線を注いだ。

(け、けっこう……プリっとしてる)

小ぶりではあるが、まろやかな膨らみはとても小学生とは思えない。

臀裂の下方、股の付け根に乙女の秘めやかな花園が息づいているのだ。

亮平は無意識のうちに前屈《かが》みになり、蠱惑《こわく》的な暗がりを凝視した。

（暗くて、よく見えない）

二日も泊めてあげたのだから、女陰ぐらい覗いてもバチは当たらないのではないか。都合のいい思いが脳裏を占有し、あこぎな欲望が器から溢れでる。

「な、菜津美ちゃん」

みたび呼びかけても、少女の様子は変わらない。

掛け布団をさらに捲れば、やはり衣服は身に着けていなかった。

（は、裸で寝る習慣でもあるのか……いや、パジャマは持ってきてるって言ってたし、どういうことだ）

なんにしても、背を向けている状態では肝心の箇所までは覗けない。かといって、これ以上布団を捲れば、目を覚ましてしまう恐れがある。

いったい、どうしたものか。

思案に暮れる最中、菜津美はまたもや呻いて寝返りを打った。

（ひっ!?）

おののいたのも束の間、少女は相変わらず目を閉じたままだ。

（あぁ……びっくりした、起きたのかと思ったよ）

布団の端が胸とVゾーンを隠し、自然と鼻息が荒くなる。寝室から漏れる照明の光が菜津美の顔に陰翳《いんえい》を作り、整った顔立ちに胸が高鳴った。

(か、かわいいなぁ)

おませな少女ではあるが、寝顔はあどけない子供にしか見えない。

(十二歳になったばかりだもんな……盗み見するなんて、やっぱ最低かも)

邪悪な気持ちを無理にでも抑えこみ、布団をかけなおそうとした瞬間、菜津美の右足がくの字に曲がり、もちもちの太腿がにゅっと突きでた。

(あ、あ、あっ!?)

布団がさらにずれ、右の乳房とデリケートゾーンが晒される。とたんに脳漿が沸騰し、ハーフパンツの下のペニスがぐんぐん重みを増した。

形のいいまん丸の乳房、頂点の可憐なポッチがピンクの彩《いろど》りを見せる。それ以上に亮平の関心を惹いたのは、やはりまだ見ぬ神秘のとばりだった。

幼い頃を除けば、生の女性器に接するのは初めてのことなのである。好奇心はどうしても隠せず、悩ましい暗がりから目が離せない。

(見たい、見たい! おマ×コ、どうなってんだっ!!)

照明の光は乙女の大切な箇所まで届かず、スケベ心をなおさらあおった。

スパイダーさながら床に這い、目を凝らして羞恥の源を注視する。

（あ、あぁっ）

こんもりした恥丘の膨らみには栗毛色の繊毛がうっすら生え、中心部には簡素な縦筋だけが刻まれていた。

陰唇らしき二枚の唇はもちろん、クリトリスも確認できない。

AV女優の発達した陰部とは違い、もぎたての白桃を見ているようで、感動にも似た思いが込みあげる。

すぐさま性欲のスイッチが入り、連動してペニスがフル勃起した。

床すれすれの体勢で這い寄り、らんらんとした目を乙女の恥芯に向ける。

（ふっ、ふんがぁっ！）

昂奮のボルテージがボーダーラインを突破し、怒張が激しくひりついた。

歪みのいっさいない秘裂、まっさらした大陰唇、そして鼠蹊《そけい》部の薄い皮膚が青年の淫情を高みに押しあげる。

（こ、これが小学六年生の……十二歳のおマ×コなんだ！）

触れてみたい、匂いを嗅いでみたい。できることなら、口を押し当てて味わいたかった。

至極当然の気持ちに衝き動かされたものの、目を覚ましたときのことを思えば、とても不埒《ふらち》な行為には移せない。

(で、でも……ちょっと触るだけなら)

よこしまな欲望に押しきられた亮平は、震える手を秘園に伸ばした。恥裂に沿って指を這わせれば、なめらかな感触に嬉々とする。さらにとば口を微かに拡げると、ややしっとりしたコーラルピンクの内粘膜が垣間見えた。

風呂上がりのため、鼻をひくつかせても、ふしだらな匂いは香らない。

(入り口が、すごく狭い……でも、この穴にチ×ポを挿れるんだ)

指先を上部に移動させた直後、割れ目のあいだから薄い肉帽子を被った陰核がちょこんと突きでる。

(あ、あ……ク、クリトリスだぁ)

触れるか触れぬ程度の力加減でつつけば、指先に促《うなが》された若芽が包皮を押しあげて顔を覗かせた。

クコの実を思わせる小さな尖りが、ぬらぬらと半透明の輝きを放つ。

眠っていても、それなりに快感は得ているのかもしれない。

ぎこちない指遣いでも反応する様が楽しく、幼児の頃に新しいおもちゃを与えられたときの感覚に似ていた。

口角が自然と上がり、ピンクのつぼみを目に焼きつけて腰をよじる。

(あぁ、やばい、昂奮しすぎて、頭が爆発しちゃいそうだよ！)

眼福にあずかるだけでは満足できず、亮平は女の性感スポットに指を押し当て、くにくにと優しくこねまわした。

(起きないでくれよ！)

胸底で懇願しつつ、今度は鼻を寄せて恥芯の匂いを嗅ぎまくる。

ソープの香りに混じり、甘酸っぱい芳香が鼻腔をくすぐると、脳幹が甘く痺れた。

(あ、あれ……)

艶のある小陰唇が秘裂からはみだし、心なしかクリットもボリュームを増した気がする。血眼になって観察すれば、恥肉のあわいで蠢《うごめ》く膣壁がとろみの強い粘液でしっぽり濡れていた。

(ま、まさか……)

ハッとして様子をうかがうも、菜津美は変わらず目を閉じている。それでも頬は上気し、内腿の柔肉がピクピクひくついていた。

(ひょっとして、起きてるんじゃ⁉)

もし途中で目が覚めたのなら、なぜ為すがままを決めこんでいるのだろう。

恥ずかしくて声をあげられないのか、それとも下腹部に生じた快美に身を委ねているのか。いずれにしても、獣欲モードに突入した亮平は一心不乱に指をスライドさせ、はたまた跳ね躍らせた。

今度は細い腰がくねりだし、恥割れから透明な粘液がツツッと滴り落ちる。

もはや火のついた性衝動を止められず、亮平は本能の赴くまま舌を突きだし、スリットに沿ってペロリと舐めあげた。

酸味の強い味覚が口中に広がり、ショウガにも似た刺激が舌先にピリリと走る。

ソープの香りが消え失せ、生々しい発情臭が鼻から抜けると、目が猛禽《もうきん》類のごとく鋭さを増した。

(あぁ、俺、菜津美ちゃんおマ×コを舐めてるんだ……おいしい、おいしいよ!)

かぐわしい香気に平常心を奪われ、大口を開けていたいけな女芯にかぶりつく。

さらには指で膣口を拡げ、ゼリー状の内粘膜を無我夢中で舐めたてた。

「むふっ、むほっ、むふぅっ」

鼻息を荒らげ、今度は愛液を啜りながら舌先でクリットをあやす。とたんに鼠蹊部の筋がピンと張りつめ、頭上から甘ったるい声が響いた。

「あ、ふンっ……や、やぁあっ」

両足がググッと狭まり、強烈な力で頬を挟まれるも、怯むことなく快美を吹きこみつづける。

強烈なクンニリングスを繰りだせば、たとえ寝ていたとしても目が覚めるのは当たり前のことだ。それでも後悔の念は少しもなく、心の中で快哉《かいさい》を叫んだ。

（あぁ、最高！　最高だ！　菜津美ちゃんのおマ×コなら、一時間でも二時間でも舐めてられるよ！）

唇を窄めて肉粒を吸引した瞬間、ヒップがシーツから浮きあがり、菜津美が弱々しい声で咎《とが》める。

「せ、先生、何やってんの？　やめて……あ、やあぁあ」

しなやかな身体が仰け反り、あえかな腰がぶるっと震える。

少女が軽いアクメに達しても、亮平は脇目も振らずに女芯を延々と舐《ねぶ》った。

4

「どういうことなのか、ちゃんと説明して」

菜津美はバスタオルを身体に巻きつけ、部屋の照明をつけてから仁王立ちした。

慌てて正座し、申し訳なさそうに謝罪の言葉を述べる。

「ご、ごめんなさい」

「いくら夫婦だからって、やっていいことと悪いことがあるんだから」

「ふ、布団をかけなおしてあげようと……思ったんだ。そしたら、裸が目に入っちゃって。つい……」

「布団に横になってたら眠くなって、そのまま寝ちゃったの。まさか先生が、こんなひどいことするなんて思わなかったよ」

恥ずかしくて、少女の顔がまともに見られない。彼女のスマホで親に連絡するつもりが、性欲剝きだしの獣人と化してしまうとは……。

チラッと見あげれば、菜津美は柳眉を逆立て、キッとした表情で見下ろしていた。

「もう……またお風呂に入んなきゃだめじゃない」

「す、すんません」

沈黙の時間が流れ、圧迫感に押しつぶされそうになる。

なんにしても最重要案件を解決できぬまま、美少女との同居生活は明日も続くことが決まったのだ。

「すごく恥ずかしかった」

「……うん」

「やめてって、言ったのに」

「返す言葉も……ありません」

「……はぁ」

反省の色を見せたところで、菜津美はやや落ち着いた口調で言い放った。

「いいわ、罰は受けてもらうから」

「え、罰って……」

「先生にも、恥ずかしい思いしてもらうから」

ドキリとして背筋を伸ばし、ぽかんとした顔で仰ぎ見る。彼女は口元に冷ややかな笑みを浮かべ、さも当然とばかりに言葉を続けた。

「先生のも見せて」

「えっ⁉ み、見せるって、何を？」

「決まってるでしょ、あそこだよ」

「そ、そんな⁉」

「何が、そんなよ……あたしの、さんざん見といて」

胸がざわつき、そわそわと肩を揺する。今朝に続いて一日に二度も陰部を晒すのは抵抗がある。しかも今度は、自《みずか》ら見せつけなければならないのだ。

「そ、そんな……照明がついてなかったし、そんなによく見えなかったよ」

「かぶりつきで舐めてたじゃない。そんな言い訳、通用しないから」

「あ、あの……」

「服は、全部脱ぐんだよ」

「ぜ、全部！」

「あたしだって、真っ裸だったんだから」

薄れかけていた淫情がぶり返し、男の分身がみるみる膨張する。息が荒くなり、顔が火傷《やけど》しそうなほど熱くなった。

「早く！」

十歳も年下の女の子にせっつかれ、のっそり腰を上げる。入れ替わりに菜津美は布団の上にペタンと座り、股間の中心に好奇の眼差しを注いだ。

「おチ×チン、見せて」

美少女の口から男性器の俗称が放たれ、ふたつの肉玉がキュンと吊りあがる。

（こ、こうなったら、もう……見せるしかないよな）

覚悟を決めた亮平はＴシャツを頭から抜き取り、ハーフパンツの上縁に手を添えた。

いざとなると怖《お》じ気づき、布地をなかなか引き下ろせない。

（ええい、ままよ！）

気合いを込めてパンツをトランクスごと下ろせば、肉の棍棒がジャックナイフのように跳ねあがり、先走りの液が扇状に翻《ひるがえ》った。

（ああっ、もう出ちゃってる！）

初々《ういうい》しい女肉を穴の開くほど見つめ、存分に舐め回していたときに、性的な昂奮はすでに限界値を突破していたのだ。

（は、恥ずかしい！　菜津美ちゃんに、勃起したチ×ポを見られてるぅ！）

激しい羞恥とともに、獰猛《どうもう》な情欲が渦を巻いて内から迫《せ》りあがる。

怒棒は萎えるどころか、裏茎に強靭な芯を注入させた。

「や、やぁン……すっごい……先っぽ、皮被ってるんだね」

菜津美はすかさず身を乗りだし、かぐわしい吐息が肉棒にまとわりつく。

亮平は眉尻を下げ、早くも肩で息をした。

「はっはっ、こ、これは仮性包茎と言ってね、すぐに剝けるんだよ」

「ふうん……痛くないの？」

「……え？」

「血管がバキバキに浮きあがって、すごく痛そうだから」

「あ、ああ……大丈夫、全然痛くないよ……あっ⁉」

小さな手がスッと伸び、桜色の人差し指が胴体をツンと押しこむ。

「あ、うっ！」

快感電流がペニスの表面を走り抜け、火山活動を少しでも先に延ばそうと肛門括約筋を引きしめた。

「コチコチ……鉄の棒みたい」

「あ、ぐうっ！」

指先が雁首から鈴口をなぞり、快感のタイフーンが勢力をいちだんと強める。

カウパー氏腺液が銀色の糸を引き、床に向かってツツッと滴った。

「先生……何、これ？」

「はあふう、そ、それは……」

「ネバネバしてて、次から次へと溢れてくるよ」

「おふっ！」

菜津美は指先をくるくる回し、尿道口を集中的に責めたてる。亮平は歯を剝きだし、腰を女の子のようにくねらせて放出を堪《こら》えた。

「あ、また大きくなったみたい、タマタマも、すごく持ちあがってる」

見目麗しいお嬢様は、どれほどの性知識を得ているのだろう。母親の情交を覗き見たのだから、男と女がどんな行為をするのかは承知しているはずだ。

菜津美と契りを交わす光景が頭を掠《かす》め、生命の源が射出口に集中した。

（あ、ああっ、したい、やりたい、チ×ポをおマ×コに挿れたい。こ、このまま押し倒せば……）

脳細胞が欲望一色に染まり、美少女相手の童貞喪失に気が昂《たかぶ》る。

両手を伸ばしかけた瞬間、菜津美は何を思ったのか、唇を窄《すぼ》めて唾液をツッと滴らせた。

（あ、あ、あっ⁉）

清らかな粘液が、亀頭冠から胴体をゆるゆると包みこんでいく。予想だにしない展開に驚愕し、睾丸の中の精液が荒れ狂った。

（く、くうっ、我慢、我慢だぁ）

まだ初体験を済ませていないのに、こんなところで射精するわけにはいかない。

眉間に皺を刻んで踏ん張るも、悦楽の嵐はやむことなく襲いかかる。

菜津美はさらにペニスの横べりにソフトなキスをくれたあと、イチゴ色の舌を差しだし、宝冠部をペロンと舐めあげた。

「あぁン、しょっぱくて苦いよ」

「う、おおっ」

一瞬といえども、口唇愛撫してくれたのは夢でも幻でもないのだ。

「さ、先っぽを……口に……含んでみて」

上ずった声で指示を出すと、彼女はとたんに小鼻を膨らませた。

「何、その命令口調。先生は今、罰を受けてるんだからね」

「あ、ごめんなさい。口に含んでください」

「もう……仕方ないなぁ」

少女は小さな吐息をこぼし、艶々のリップを近づける。そして亀頭をぱっくり咥えこみ、縫い目を舌先でチロチロと這い嬲《なぶ》った。

「お、おおっ」

菜津美はそのまま顔を沈め、男根が口の中に呑みこまれていく。

(う、嘘だろ)

もしかすると、母親のフェラチオシーンを目撃し、見よう見まねで奉仕しているのかもしれない。呆気に取られたものの、濡れた唇が胴体をすべり落ちると、ぬくぬくの感触がペニスを蕩けさせた。

「あぁ、あったかい……き、気持ちいいよ」

あどけない少女が今、不浄な逸物を口にしているのだ。

鋭角に窄めた頬、だらしなく伸びた鼻の下、潤んだ瞳がなんとも悩ましく、口唇の端から涎がだらだら垂れ落ちる様が昂奮をより高みに向かわせた。

「うぅンっ」

菜津美は首を二、三度振ったあと、苦しげに呻いて剛槍を吐きだす。

「お口に入りきれないよぉ」

「はあはあっ」

「あ、ホントだ、おチ×チンの皮、剝けてる」

「つ、つ……」

「何？　もっと、しゃぶってほしいの？」

「いや、つらいなら、無理をしなくても……チ、チ×ポをしごいてみて」

「こう？」

少女は言われるがまま肉棒を握りこみ、桜色の指を上下にスライドさせた。

唾液の潤滑油がすべりをよくし、にっちゅくっちゅと猥音を奏でる。

「あ、おおっ」

「気持ちいいの？」

「ああ、最高だよ！　く、おおっ」

涙が出そうな快美に五感が麻痺し、全身が瘧《おこり》にかかったように震えた。

手コキで、これほどの快楽を与えてくれるのだ。膣の中にペニスを挿入したら、骨まで蕩けてしまうのではないか。

菜津美も昂奮しているのだろう、舌先で唇を何度もなぞりあげる。

「も、もう少し……速くしごいてみて……手首のスナップを効かせて」

「手首のスナップ……こう？」

「は、ううっ！」

少女の脳みそは豆腐のように柔らかく、飲みこみが早い。リズミカルな抽送を繰りだし、手のひらが敏感な雁首を執拗にこすりたてる。

もはや、限界だった。

青筋が熱い脈動を繰り返し、煮え滾《たぎ》る牡の証《あかし》が出口になだれこむ。思考が煮崩れし、放出間際を訴える言葉が喉の奥から出てこない。

菜津美は真剣な表情で亀頭の先端を見つめ、このまま射精すれば、顔面シャワーの洗礼を浴びせてしまうのは明白だ。

(ちゃ、ちゃんと言わないと……あ、あ、もうだめだぁ)

脳裏で白い閃光が瞬《またた》き、天を仰いだ亮平はついに牡のリビドーを解き放った。

「ぐ、おっ」

「きゃっ!」

鈴口からザーメンが放たれ、少女の鼻筋から額をムチのごとく打ちつける。

「やぁぁンっ」

彼女は慌てて目を閉じるも、手筒のスピードは緩めず、ペニスがひくつくたびに濃厚なエキスを吐きだした。

愛くるしい容貌が、白濁液に染められる。飛び散った精液は胸元や太腿にまで垂れ、栗の花の香りがあたり一面に漂った。

「あ、あ、あ……」

射精の勢いが衰える頃、脊髄が甘く痺れ、えも言われぬ至福の高波が怒濤《どとう》のごとく打ち寄せる。

菜津美が身を強《こわ》ばらせるなか、亮平は白目を剝いて膝から崩れ落ちた。

第三章　背徳まみれの処女貫通

1

（顔にかけられたときは、びっくりしたな……精子って、あんなに熱いんだ）

翌日、菜津美は朝食を作りながら昨夜の出来事を思い返した。

わざと全裸で寝床に入り、寝たふりをして、亮平が忍んでくる瞬間を手ぐすね引いて待ち受けたのだ。

もちろん処女を捧げるつもりで、計画どおりに彼は室内に入ってきた。

ところがなかなか手を出さず、痺れを切らして自分から誘いをかけたのである。

恥ずかしくて身が焦げそうだったが、勇気を振り絞り、大胆にも大股を開いて大切な箇所を見せつけた。

(でも、ふだんはおとなしい先生が、あんなに激しく迫ってくるとは思わなかった)

あそこを舐められているあいだに気持ちよくなり、身体が宙に浮くような感覚に包まれたあと、頭の中で白い火花が八方に飛び散った。

(自分の指ばかりか、先生のお口でもイッちゃうなんて……あたし、どんどんエッチになってるかも)

昨日、亮平が買いだしで家を留守にしたとき、菜津美はインターネットで多くの情報を仕入れた。

ママが口走った「安全日」の意味はもちろん、男女の身体の仕組みに夫婦の営みや体位のほか、フェラチオやクンニリングス、愛撫のバリエーションなど、大人の事情を頭に叩きこんだのだ。

(だけど、朝にオナニーしたのに、夜になってもあんなにいっぱい出すなんて……)

若い男性の性欲というものは、菜津美が考えている以上に強いのかもしれない。

(もっともっと満足させてあげないと……あたしは、先生の奥さんなんだから)

甘い新婚生活に思いを巡らせ、うれし恥ずかしい気持ちに胸がときめく。

「うん、お味噌汁、おいしくできた!」

炊きたてのご飯に厚焼き卵、たくあん漬けに納豆、ほうれん草の和《あ》え物。オーソドックスな和食ではあるが、自分なりにがんばってこさえたものだ。

果たして、亮平はどんな反応を見せるだろう。

菜津美はエプロンを外し、さっそく寝室のとなりの部屋に向かった。

昨夜、シャワーを浴びて戻ってくると、愛しのダーリンは大イビキを掻いていた。

かつての教え子と一夜を共にし、三回の買い出しを命じられ、さらには二回も射精したことで、精神的にも肉体的にも限界だったのかもしれない。

一度も起きることなく、朝を迎えてしまった。

バージンは捧げられなかったが、今日という日があるのだ。

(今日だけじゃなくて、明日も明後日もあるんだよね)

弾むような足取りで部屋の扉を開けると、亮平はまだ眠りこけていた。

掛け布団がはだけ、剝きだしの下腹部に視線が集中する。

(やンっ、うっそっ！　また勃ってるぅ!!　いったい、どうなってんの？)

一日に二度射精したぐらいでは、出し足りないのだろうか。

朝勃ち現象の知識は頭に入っておらず、隆々とした漲《みなぎ》りに開いた口が塞がらない。

(すごい……昨日より大きいかも)

菜津美は頬を赤らめ、そそくさと亮平のもとに歩み寄った。

女座りの体勢で腰を落とし、身を屈《かが》めておチ×チンを見つめる。

（改めて見ると、マジでおっきい……ホントに、あそこに入るのかな？）

肉棒を握りこんでも指は回らず、逞しい胴体がビクビクと脈動を繰り返す。身体の中心が熱くなり、ママと動画のお姉さんの歓喜の声が頭の中で響いた。

（最初は痛いみたいだけど、どうなんだろ……試しに、ちょっと挿れちゃおうかな）

喉をコクンと鳴らし、腰を上げかけた瞬間、違和感に気づいたのか、亮平はガバッと起きあがった。

「わっ、わっ、な、何？　何してんの！」

「朝ごはんができたから、起こしにきたの」

「な、なんでチ×ポ握ってんの！」

「またおっきくさせてるから、どうしたのかと思ったの」

「こ、これは朝勃ちだよ」

「朝勃ち？」

「男の生理現象で、自然とこうなっちゃうの」

「ふうん」

男の身体には、まだまだ知らないことがたくさんあるらしい。

処女喪失は先送りとなったが、ひとつ屋根の下に住んでいる限り、チャンスはいくらでもあるのだ。

「いいから、早く顔洗って。おかずが冷めちゃうよ」

「あ、う、うん」

慌てて股間を隠すダーリンに、意味深な笑みを浮かべて立ちあがる。

(いいもん、他にも方法は考えてあるんだから)

菜津美は今日の夜に思いを馳せつつ、ひと足先に部屋をあとにした。

2

(なんか……のっぴきならない状況になっちゃったな)

少女の母親に連絡するつもりが、ふしだらな返り討ちにあってしまった。

初々《ういうい》しい女芯を舐め回し、匂いを嗅いだうえに、フェラチオから手コキの連続技で顔に放出してしまうとは……。

バラ色の快美に身も心も蕩け、腰の奥に鈍痛感が走るほどの射精感を味わったのは初めてのことだ。

（あと、してないことって……もうエッチしかないよな）

それだけはどうしても避けなければいけないのだが、昨夜の一件から本能は間違いなく美少女との情交を望んでいる。

許されることなら、このまま菜津美といっしょに暮らしたい。

安息感に満ちた日々のなかで愛を確かめ合い、いつかは本当の夫婦になりたい。

人並みに持ち合わせていた倫理観は頭の片隅に追いやられ、今は彼女の母親に連絡する気も失せていた。

（そうだ……明後日は引越しのバイトで家を留守にしなきゃならないんだ）

帰宅したら、菜津美の姿は消えてなくなっているのではないか。いや……もしかすると長い夢を見ているだけで、彼女は自分が思い描いた幻影なのかもしれない。

（やっぱり……離れたくないよ）

悲愴感にまみれた直後、部屋の外から菜津美の声が聞こえ、亮平は現金にも顔を輝かせた。

「先生、ちょっといい？」

「あ、うん」

ドアが開いた瞬間、つばの長い帽子、パーカーとジーンズ姿に唖然とする。

髪は帽子の中に隠しているのか、ぱっと見には男の子としか思えない。

「ど、どうしたの？　その格好」

「変装用に家から持ってきたの。男の子っぽい服って、これしかなかったから。似合う？」

「う、うん」

「遠目から見たら、女の子には見えないでしょ？」

「どういう意味かな？」

怪訝《けげん》な表情で身構えると、美少女はにっこり笑ってすり寄った。

「出かけよ……天気もいいしさ」

「だめだめっ！　誰かに見られたら、どうすんの？」

「買いたいものだってあるし」

「昨日、俺が三回も行ったじゃない」

「先生じゃ、買えないものだってあるでしょ。女の子の服とか下着とか」

「あ、うっ」

確かに男一人で女性の服や下着を購入する度胸はないが、外に出れば、それだけ人の目に触れる機会も多くなるのだ。

警官に職務質問される光景を思い浮かべ、腋《わき》の下がじっとり汗ばんだ。

「菜津美ちゃんのママ、警察に捜索願い……出してるんじゃないかな？」

青白い顔で呟くと、少女はあっけらかんと答える。

「あ、それは大丈夫。昨日、ママにメールしといたから」

「へ……いつ？」

「先生が疲れて寝てるとき」

「で、ど、どうだったの!?　お母さんから、連絡来たの？」

「知らないよ、そんなの。送ったあと、すぐに電源切っちゃったから……ママからの電話やメールは、たくさん来てたけどね」

亮平は口をあんぐりさせ、口角泡を飛ばして問いかけた。

「な、なんて送ったの？」

「思うところがあるので、しばらく旅に出ますって」

「た、旅？　小学生が？　それじゃ、お母さん、よけい心配するじゃん！　やっぱ、警察に通報してるんじゃないの!?」

「たぶん大丈夫だよ、塾に行くときに使ってるバッグは部屋に置いてきたから、薄々勘づいてると思う。あの男を家に連れこんだの、あたしに見られたこと」

「そうだとしても、娘が家を出て心配しない親はいないでしょ」

「ママは好き勝手やってるのに、あたしはひたすら耐えなきゃいけないわけ？」

菜津美は唇を噛み、涙目でねめつける。十二歳の少女が経験したことは、確かに大きなショックだったろう。

心に受けた傷を思えば、無下な対応もできず、亮平は困惑げな顔で口を閉ざすしかなかった。

「先生、車持ってるんでしょ？」

「う、うん」

「ちょっと遠出して、大きなスーパーに行こうよ。帰りはレストランで食事してさ、お金はあたしが出すから」

「そ、そうだね……ずっと家に閉じこもってても……仕方ないか」

「そうだよ！　人の多い場所に行かなきゃ、絶対に大丈夫！　せっかく、変装だってしたんだから」

それでもためらうなか、菜津美は頬をぷくっと膨らませる。そしてすかさず歩み寄り、亮平の腕を引っ張った。

「立って！　夫婦なのに、デートもできないなんておかしくない？」

「デ、デート？」

「そっ、あたしたちの初デート！」

言われてみれば、デートもせずに引き離されたら、絶対に後悔する気がする。

（どのみち……ここまで来ちゃったら、もう開きなおるしかないのかも）

たとえ最悪の結末が待ち受けていようと、それまでは美少女との生活をとことん楽しみたい。

「よし、行こう！」

決意した亮平はすっくと立ちあがり、麗しの美少女を力いっぱい抱きしめた。

3

二人は自宅アパートから車で出発し、山間部の国道を通り抜けてとなりの県にある大型スーパーに向かった。

地下の駐車場から店内に直接行けるため、他の一般客との接触はほとんどない。

連休中ということもあり、売り場はそれなりに混んでいたが、ファミリー客の一員と思われたのか、不審の目を向ける者はいなかった。

買い物を済ませたあとは湖畔を散策し、洒落《しゃれ》たイタリアンレストランでお腹を満たしてから車に乗りこむ。

菜津美が満足げな顔をする一方、亮平はぐったりしていた。

「あたしの言ったとおり、全然大丈夫だったでしょ？」

「うん、でも……知ってる人に会うんじゃないかとヒヤヒヤだったよ」

「もう、先生たら……初めてのデートなのに」

唇を尖らせるも、気の弱い亮平が危険を冒《おか》してまでわがままを聞きいれてくれたのである。

「……ありがと」

小声で感謝の言葉を返すも、ダーリンの耳には届かなかったのか、いかにも覇気のない声で念を押した。

「それと、レストランでも言ったけど、明後日はバイトだから、先生のいないあいだ、絶対に家から出ちゃだめだよ」

「わかったって……それ言うの、今日で三度目だよ」

「あ、そうだっけ……ごめん」

「でも、まさか先生が引越しのバイトをしてるとは思わなかった」

「自分の都合のいい日に仕事を入れられるから、すごく便利なんだ。就職が決まるまでは、この仕事を続けるつもりだよ」

「明日は、何の用事もないんでしょ？」

「あ、うん……今日はたっぷり外に出たから、家の中で過ごそうよ」

「……そうだね」

イエスの返答をするも、このまま帰るつもりはさらさらない。時刻はまだ午後七時前、楽しい夜はまだこれからなのだ。

(今日のお礼は、ちゃんとしとかないとね)

菜津美は、亮平から借りたスマホをタップしてブラウザを起ちあげた。

「いいなぁ、ネットは見られるし、SNSもできるなんて……あたしも、ちゃんとしたスマホがほしいよ」

「ははっ、もうちょっとの辛抱だよ……今度は、何を検索してるの？　もしかして、おいしいケーキ屋さんかな？」

「うん、そっ！」

「でも、もうすぐ山道に入っちゃうし、そんな店あるかなぁ」

「さっきの穴場のレストランだって、あたしが見つけたんだから……ほら、やっぱりあった」

「え、マジ？　喫茶店か何か？」

「喫茶店とはちょっと違うけど……待って、地図が出てるから……あ、次のふた股道、左に行って」

「う、うん、わかった……その代わり、ケーキを食べたら、すぐに帰るんだよ」

「はぁい！」

小気味いい声を返しつつ、口元を手で隠してほくそ笑む。

これから行く場所は、勉強部屋にあるパソコンで事前に調べていたのだ。

車は山の中に入り、緩やかな坂道をゆっくり登っていく。次第に亮平の顔が曇りだし、十分ほど走ったところで首を傾げた。

「おかしいなぁ……こんな場所にデザートを食べられる店があるの？　道、間違えてんじゃないかな」

「もうすぐ見えてくるはずだよ」

カーブを曲がったところで、暗闇の中に建物の照明がぼんやり浮かぶ。

「あ、あ、ま、まさか、あそこって……」

「おいしいケーキも食べられるんだって！」

無邪気さを装い、明るい声ではしゃぐも、亮平は顔色を失う。車が一直線に突き進む先には、カップルが愛を語らうラブホテルが待ち構えていた。

4

（う、嘘だろ）

呆気に取られたまま、とりあえず駐車場に車を停めたものの、気持ちの整理がつかない。

けばけばしいライトアップにお城のような建物は、紛れもなくラブホテルだ。

「さ、行くよ」

「あ、ちょっ……」

菜津美は車から降り、エントランスにすたすた向かう。亮平は慌ててエンジンを切り、仕方なくあとを追っかけた。

もちろん、ラブホテルに足を踏み入れるのは初めてのことだ。

（まさか、こんな山の中にラブホテルがあるなんて……）

自動ドアが開くと、広いロビーが目に入り、幸いにも従業員や他のカップルの姿はなかった。

少女が大きなパネルの前に移動し、いやが上にも胸がドキドキする。

明かりが消えている部屋は、他のカップルが入っているということか。連休中ということもあり、どうやらひと部屋しか空いていないらしい。

「な、菜津美ちゃん、ここがどういう場所か知ってるの？　あっ!?」

「このボタンを押せば、いいのかな？」

こちらの言葉に耳を傾けることなく、菜津美はパネルボタンをプッシュした。

ゴトンという音とともに、パネルの下の受け口から鍵が出てくる。

「へえ、このまま部屋に行けるんだ……便利だね」

「あ、あぁ」

四〇一号室は休憩二時間が八千円、宿泊が二万円といちばん高く、顔から血の気が引いた。

(だから……この部屋だけ空室だったんだ)

呆然としたところで菜津美に手を摑まれ、奥のエレベーターに連れていかれる。

「ちょ、ちょ、ちょっ！」

「早くぅ」

「待ってよ、ここはね……」

「ラブホテルでしょ？」

「へっ？」

「それくらい、知ってるよ。先生は、入ったことあるんでしょ？」

「いや、そ、それは……」

赤面してうろたえた直後、エレベータが一階に到着し、これまた強引に引っ張りこまれ、緊張がピークに達した。

集合住宅とは違い、ここなら大きな声を出しても、となりの部屋に洩れ聞こえることはない。完全なる密室で、二人きりになるのだ。

（マ、マジかよ、やばい、やばい）

早くも額に汗が滲み、手足がガクガク震える。対照的に、菜津美は口元に笑みをたたえたまま平然としていた。

ただの好奇心なのか、それとも何かしらの意図があるのか。

少女の心情を推し量れず、今度は牡の血が騒ぎだす。

彼女とは、この二日のあいだにセックス以外の淫らな行為をひと通り経験してしまった。

男の悲しい性《さが》なのか、最後の一線を超えたいという思いが風船のごとく膨らむ。すでにズボンの下のペニスは半勃ちになり、性欲のスイッチがいつ入ってもおかしくないのだ。

「着いたよ……どんな部屋か、楽しみだね」

胸がいっぱいになり、言葉が口をついて出てこない。

エレベータの扉が開くと、菜津美はこれまた先陣を切り、紅い絨毯が敷かれた廊下に飛びだした。

「先生、こっち！」

「あ、ああ」

廊下のいちばん奥の部屋、扉の真上にあるパネルが点滅している。少女が鍵で扉を開けると、性欲が緊張を上まわり、ズボンの前部分が派手に突っ張った。

「うわっ、すっごいきれい！」

菜津美は室内に入るや、うれしい悲鳴をあげ、あとに続いた亮平も目を見張った。

シャンデリア風の照明、足首まで埋まりそうな絨毯、大画面のテレビに天蓋付きのダブルベッド、革張りの大きなソファにゲーム機やカラオケまである。

（ふわぁ……いちばん高い部屋だけに、すごいや）

豪奢な雰囲気と清潔感溢れる内装を目にした限り、淫靡さは微塵も感じられない。

内扉の手前にはトイレと脱衣場付きの浴室が完備され、こちらも部屋同様に広く、掃除が隅々まで行き届いていた。

「先生、ちょっと来て！」

悲鳴に近い声に驚いて駆けつければ、菜津美は部屋の奥にある扉の前で立ち尽くしている。

「どうしたの？」

「み、見て」

「……あっ!?」

中を覗きこむと、全長十五メートルほどのプールが目に入った。

「あぁ」

「湯気が立ってる……温水プールだよ。やぁン、ビーチチェアまである」

向こう正面と天井の半分ほどはガラス張りで、満点の星のもと、解放感をたっぷり味わえそうな造りだ。

（どうりで……高いはずだよ）

ラブホテルのイメージが覆《くつがえ》されたところで、菜津美が身をすり寄せる。

「ねえ、先生……明日、用事はないって言ってたよね？」

「う、うん」

「……泊まってこ」

「えっ⁉」

宿泊したいのはやまやまだが、二万円はさすがに高すぎる。返事に困っていると、少女は猫撫で声でおねだりした。

「いいでしょ？　お金は、私が出すから」

「いや、そういう問題じゃなくて……」

「あたしの水着姿、見たくないの？」

「そりゃ見たいけど……いやいや、第一、水着なんてないでしょ」

「買えるんだって！　フロントに電話すれば、持ってきてもらえるみたい」

「そ、そんなとこまで調べたの？」

「一度ね、ビキニ着てみたいと思ってたんだ」

「ビ、ビキニ⁉」

どうやら、彼女の目的はデザートではなかったらしい。

いったい、何を企んでいるのか。

眉をひそめるも、ビキニという言葉に股間の逸物は反応するばかりだ。

「スクール水着しか着たことなかったから……ね？」

今度は憐れみの目を向けられ、気持ちが宿泊に大きく傾いた。

「わ、わかった……せっかくいい部屋に入ったんだから、泊まっていこうか」

「やった！　だから先生、大好きなの！」

ひしと抱きつかれ、甘い予感に胸が震える。

完全勃起した男の分身が、早くもズボンの下で小躍りした。

5

（何、この水着……）

浴室の脱衣場で、菜津美は顔をしかめて立ち竦んだ。

ビビッドイエローのビキニは布地面積が異様に小さく、ボトムのサイドとバックはほぼ紐だといっても過言ではない。

パンフレットを見てフロントに電話をかけ、注文品を受け取ったのは亮平なのだ。

（トップも小さな三角形の布地だし、これじゃ乳首が隠れるだけじゃない……先生のエッチ）

もしかすると、わがままのお返しに恥ずかしい思いをさせようと考えたのかもしれない。

「どうしよう……買っちゃった以上、着ないわけにはいかないし」

膨れっ面《つら》をしたものの、菜津美は気持ちを切り替えて服を脱いだ。

ダーリンは性欲旺盛な年頃で、精子がすぐに溜まってしまうのだ。

淫らな水着を着て昂奮させてやれば、きっと思いどおりの展開に持ちこめるはず。

（今日で、先生と本当の夫婦になるんだ）

菜津美はシャツやジーンズ、下着を脱ぎ、まずはトップのビキニを身に着けた。

小さな三角布地から桜色の頂がはみだし、早くも赤面してしまう。

（やだ……ちょっと動いただけで、大切な場所が全部見えちゃうかも）

乳頭を生地の下に押しこみ、続いてボトムに足を通して引っ張りあげると、Ｔバックがお尻の谷間にはまり、なんとも不安定な感覚に戸惑った。

前面部の股布の位置も調整し、洗面台の鏡を覗きこむ。

「や、やらしい」

ビキニの脇から覗く乳房の輪郭、くっきりしたY字ラインにもちもちの内腿。恥丘の膨らみはこんもりし、フロントの布地はもはや縦筋を隠しているだけにすぎない。

さすがに抵抗感は否めず、菜津美は棚に置いてあるバスタオルを手に取り、身体に巻きつけた。

(いいもん、先生がその気なら、こっちもいやというほどエッチになってやるから)

亮平は着替えを済ませ、すでにプールにいるはずだ。

浴室をあとにして部屋に戻ると、彼はまだ普段着のまま佇《たたず》んでいた。

「あ……き、着替えたの?」

なぜか目が泳ぎ、どこか挙動不審に見える。

いったい、何をしていたのだろう。

「うん……着たよ」

「着たの⁉」

やはり、破廉恥なビキニと知っていて注文したらしい。目をらんらんとさせるダーリンを、菜津美は甘く睨みつけた。

「先生は……着替えないの?」

「あ、いや、今、着替えようと思ってたところだよ」

テーブルには、ハーフパンツ形の男性用水着が置かれている。

あるアイデアを閃かせた少女は、あえて冷ややかな顔つきで提案した。

「いいんじゃない？　穿かなくても」

「……え？」

「裸で入れば、いいってこと」

「な、なんで？」

「だって、私だけこんな際どい水着を着てるなんて不公平だもん」

「そ、それは……その水着しかなかったから」

「パンフレット、見せて」

「いや、あの……ははっ」

亮平が笑ってごまかし、今度は唇を尖らせて非難する。

「もし、言うことが聞けないんなら、あたしも水着は見せないから」

「そんな、せっかく買ったのに」

「いいじゃない、裸でも。二人しかいないんだし」

「それはそうだけど……」

「じゃ、先に行ってるよ」

涙目になるダーリンを一瞥し、菜津美は一人プールに向かった。

扉を開け、バスタオルを取り外し、まずはシャワーを浴びて汗を洗い流す。

生地が薄いのか、乳首や割れ目が透きとおり、恥ずかしいことこのうえない。

(まあ、いいわ……先生は真っ裸なんだから)

亮平が滑稽な姿で現れるのを楽しみに待ちつつ、菜津美はプールの端にある着脱式の階段ステップを下りていった。

「あぁンっ、けっこうあったかい……大きなお風呂に入ってるみたい」

試しに平泳ぎをしてみたが、やはり布地がずれてしまう。

ビキニを元の位置に戻したところで出入り口の扉が微かに開き、隙間から亮平が顔だけ覗かせた。

「もう入ってるの?」

「すごく気持ちいいよ。先生も、早く入りなよ」

「……うん」

気まずげな顔で答えたダーリンは、指示どおりに全裸で現れた。

股間を両手で隠し、猫背で歩く姿に笑いが込みあげる。

「そこで止まって」

「……え？」

「隠さないで、ちゃんと見せて」

菜津美はプールに飛びこもうとする亮平を制し、小悪魔の笑みを浮かべた。

「そ、そんな……」

「いいじゃない、もうさんざん見てるんだから」

「でも、やっぱり……恥ずかしいよ」

「恥ずかしいのは、お互い様でしょ？　先生、あたしのビキニ姿、見たくないの？」

「み、見たい！」

とたんにダーリンの顔が上気し、目が据《す》わりだす。

破廉恥なビキニ姿によほど興味があるのか、やがて股間を隠す手をためらいがちに外していった。

「やぁンっ」

九十度の角度で頭をもたげたペニスが視界に入り、うれしい悲鳴をあげる。

どうやら、彼はすでに昂奮状態にあるらしい。

（これって、コスプレになるのかな？）

男性にコスチュームプレイ好きが多いことはネットで知ったが、亮平も例外ではなかったのだ。

（もっともっと昂奮させてあげる）

視線を逸らし、恥ずかしげに身をよじる姿に乙女心がキュンと疼いた。

「じゃ、約束どおり、見せてあげる」

階段ステップをゆっくり昇っていくと、亮平はすかさず目を向け、鼻の穴をこれ以上ないというほど拡げる。

（あぁンっ、やっぱり恥ずかしいかも）

ビキニこそずれていないが、布地が肌にぴったり貼りつき、大切な箇所が透けているのだ。やや俯き加減でプールから上がると、亮平はいやらしい視線を注ぎ、身体の芯が熱く火照った。

「あ、あ……」

パブロフの犬さながら、半勃ちのおチ×チンが体積を増していく。

「ビキニ、まだ早かったかな？」

「そ、そんなことないよ……すごく似合ってる」

「ホントに？」

「うん……たまらないよ」

眼前まで歩み寄ると、荒々しい鼻息が聞こえ、自分に昂奮してくれる彼がたまらなく愛おしい。

「先生、キスして」

甘えた声でおねだりすれば、亮平は力強く抱きしめ、唇に貪《むさぼ》りついてきた。

分厚い舌が差しこまれ、口の中を這いまわる。さらには舌を搦《から》め捕られ、唾液をじゅっじゅっと啜られた。

二枚の舌がひとつに溶け合い、情熱的な口づけに頭の中が霞《かすみ》がかる。

よくよく考えてみれば、これが初めてのディープキスなのだ。安心感に包みこまれ、人を愛する喜びに生きている実感と幸福感が込みあげた。

(やぁンっ……おチ×チンが、お腹に当たってる)

男の分身はすっかり膨張し、先っぽが下腹をツンツン突きあげる。菜津美の性感も一気に昇りつめ、身体の奥底から熱い潤みが溢れでた。

「ンっ、ふっ、ンっ、ふうぅ」

体温も急上昇し、鼻からくぐもった吐息がこぼれる。唇がほどかれ、長いキスが途切れると、亮平は熱に浮かれたような表情をしていた。

おそらく、自分も同じ顔をしているのだろう。恥ずかしげに目を伏せると、逞しいペニスが視界に入り、少女はさも当然とばかりに肉幹を握りしめた。

「おふっ」

「すごい、コチコチだよ……毎日出してるのに、どうして？」

「な、菜津美ちゃんがエッチでかわいいから、こうなっちゃうんだよ」

「あたしのこと……愛してる？」

「ああっ、愛してる！　愛してるよ!!」

愛情を確認したところで、すべてを捧げる決意を固める。

「先生、こっちに来て」

「ど、どこに行くの？」

菜津美は肉棒を握りしめたままプールを回りこみ、ガラス窓の手前にあるビーチチェアに促した。

「跨ぐようにして座って」

「う、うん」

亮平は股をおっ拡《ひろ》げ、言われるがまま腰を下ろしてチェアの背にもたれる。

赤黒く張りつめた先端、太い芯が入った裏筋、こぶのように浮きでた血管。いつにも増して充血し、反り返っている状態だ。菜津美もチェアに昇り、両足のあいだに跪《ひざまず》くや、隆々とした肉の棍棒に唇を寄せた。

「あ、ああっ」

雁と縫い目に舌をチロチロ這わせれば、亮平の目が瞬く間にとろんとなる。

(今日は、たっぷり気持ちよくさせてあげるんだもん)

少女は胴体にソフトなキスを繰り返し、唾液をたっぷりまとわせ、先っぽを口に含んでクポポポッと呑みこんだ。

(ああンっ、やっぱり苦しいよぉ)

息が詰まり、涙が溢れるも、口を大きく開いて喉深くまで咥えこむ。

「あ、ああっ」

「ンっ、む、むふぅ」

菜津美は先端を喉で軽く締めつけたあと、顔をゆったり引きあげ、軽やかなスライドを繰りだした。

くぽっ、じゅぽっ、ぐぷっ、ぬぽっ、じゅぷん、ぷちゅ、ずちゅちゅっ!

ママのフェラチオを思いだし、懸命な奉仕で快感を吹きこんでいく。

「お、おおっ……き、気持ちいいよ」

獣じみた臭気が鼻を突くも、怯まずに首を上下に打ち振ると、裏返った喘ぎ声が聞こえ、おチ×チンが口の中でのたうちまわった。

(大きすぎて、口の端が……裂けそう)

どんなに苦しくても、ダーリンに喜んでもらうためなら我慢できる。

顎がだるくなり、涎がだらだら滴るなか、何気なく皺袋に指を這わせたとたん、亮平は奇声を発して臀部をバウンドさせた。

「うひぃぃっ！」

どうやら、ふたつのタマタマも性感帯らしい。今度は手のひらで撫でさすると、太腿の筋肉が小刻みに痙攣した。

「ああっ、ああっ！」

口の中が前触れの液で粘つき、おチ×チンが激しい脈を打ちはじめる。

(このまま精子を出されても、全部飲んであげる)

意識的にスライドを速めた瞬間、亮平は頭から突き抜けるような声で懇願した。

「な、菜津美ちゃんのも舐めたいよ、舐めさせて！」

今度は、動画のお姉さんと男が互いの性器を愛撫していた光景が頭を掠《かす》める。

正直、割れ目を隠しているだけのあそこを見せるのは恥ずかしい。しかも大量の愛液にまみれているのは、自分でもはっきり自覚しているのだ。

それでも女芯の疼きに耐えられず、菜津美はペニスを咥えながら身を回転させた。大股を開き、お尻を上げて亮平の眼前に突きだす。

(あぁンっ！　死にたいほど恥ずかしいよぉ)

顔から火が出そうになるも、あそこのひりつきは収まらず、さらなる愛液が股布をぐっしょり濡らした。

6

(おわっ!?)

いきなり見せつけられたプライベートゾーンに、亮平は目を剝いた。

まさか、十二歳の少女がシックスナインの体勢で秘部を向けてこようとは……。

パンフレットには普通の水着もあったが、男心はエロチックなビキニを求めた。

期待どおり、イエロービビットのマイクロビキニは悩ましく、昂奮のパルスが脳幹を痺れさせた。

もっとよく見たかったのだが、やはり恥ずかしいのか、菜津美はすぐさま抱きつき、キスを要求してきた。

初めてのディープキス、熱く息づく胸の膨らみ、ふんわりした下腹の感触。心臓が高らかに鼓動を打ち、ペニスは条件反射のごとく反り返った。

ビーチチェアに移ってからの口唇奉仕も過激で、いったいどこで知識を得たのか。陰嚢を手のひらで転がされたときは甘美な電流が脊髄を駆け抜け、危うく放出寸前まで追いこまれた。

男子の本懐を迎える前に、悩ましいビキニ姿をたっぷり目に焼きつけておきたい。

願いは叶えたものの、亮平は想像以上の淫らな光景に肛門括約筋を引き締めた。

（あぁ、すっげぇ……マンスジが浮きでてるぅ）

股布の横幅はやたら狭く、縦筋にぴっちり食いこんでいる。

両脇からはみ出た大陰唇に丸々とした桃尻と、絶妙なコラボレーションがいやが上にも男を奮い立たせる。

鼠蹊《そけい》部の薄い皮膚とピンと張りつめた筋も、しゃぶりつきたくなるほどの魅力を放った。

（た、たまらん！）

迷うことなく股布をずらし、乙女の恥芯を剝きだしにすると、少女も昂奮状態なのか、股の付け根にこもっていた発情臭が鼻先にふわりと漂った。

「ンっ、ふっ！」

プリプリのヒップが小さく震え、顔のスライドがピタリと止まる。

色素沈着のいっさいない女陰をまじまじと見つめるなか、感動にも似た気持ちが込みあげた。

外側に捲れたほっそりした陰唇、ツンと突きでたルビー色の若芽、ぱっくり開いた狭間《はざま》で半透明の淫液をまとった桃色サンゴが妖しげに蠢く。

初々しい裏の花弁もキュッと窄まり、愛くるしいことこのうえなかった。

（あぁ、かわいい、かわいいよ）

指先で陰裂とクリットを軽くなぞると、内腿の柔肉が引き攣り、恥裂からとろみの強い淫液がツツッと滴った。

「あぁンっ、触っちゃだめ」

少女は口からペニスを吐きだし、ヒップをもどかしげにくねらせる。射精欲求が下降したところで、亮平はここぞとばかりに性感ポイントを攻めたてた。

膣前庭をそっと撫で、小さな肉の尖りをピンピン弾く。さらには指先でつまみ、くりくりこね回す。

「い、ひっ！」

腰の打ち震えが大きくなると、亮平は両の親指で膣口を拡げ、ティアドロップ形に開いた女肉に貪りついた。

「あ、はああああっ」

アンズにも似た味覚と芳香に酔いしれ、生々しい分泌液をじゅっぱじゅっぱと啜りあげる。

「はあはあ、先生……気持ちいいよぉ」

言わずもがな、愛蜜がしとどに溢れ、今や口の周りはベトベトの状態なのだ。

(これだけ濡れてれば、チ×ポ……入るかも)

美少女との結合に向けて気を昂らせた瞬間、剛直にまたもや甘美な感触が走った。

快感から少しでも気を逸らそうとしたのか、菜津美はまたもやペニスを咥え、がっぽがっぽとしゃぶりはじめたのだ。

「あ、おおっ！」

秘園から口を離し、恍惚の表情で仰け反る。

「ンっ、ふっ、ンっ、ンっ！」

生娘とは思えぬリズミカルな抽送に、沈滞していた白濁のマグマが再びうねりくねった。

（や、やばい！　こんなに激しくされたら……イッちゃうよ）

挿入前に無様な姿は見せられないし、見せたくもない。さりとて、この状況で肉の契りを交わしても、射精を堪《こら》える自信はなかった。

（も、もう、だめだ！）

あえかな腰に手をあてがい、反動をつけて起きあがる。

「きゃっ！」

菜津美が顔を上げたところで、亮平はチェアから下り立ち、お姫様抱っこした。

「な、何っ？」

「へ、部屋へ行こう！」

童貞喪失は、やはりベッドの上で叶えたい。彼女にとっても、初体験になる大切な瞬間なのだ。

早足で出入り口に向かい、扉を開けて室内に飛びだす。そのままベッドに突き進み、片手で掛け布団を捲るや、少女を純白のシーツに寝かせた。

ペニスはいまだに隆々とした漲《みなぎ》りを誇っているが、インターバルを置いたおかげで、射精願望は多少なりとも抑えられている。

ねちっこい愛撫が功を奏したのか、菜津美の頬は林檎のように染まり、うるうるした瞳が発情の色を滲ませた。

「な、菜津美ちゃん！」

「あ、んっ」

鬼の形相で覆い被さり、美脚を左右に拡げて、陰部を剝きだしにする。

「……やぁンっ」

「も、もう、我慢できないよ……いいでしょ？」

掠れた声で心情を告げると、少女は口元に手を添え、小さく頷《うなず》いた。

「はあはあっ」

了承を得た直後、性のパワーが内から迸《ほとばし》り、全身が高揚感に包まれる。

この世に生を受けてから二十二年、異性との性交渉をどれだけ待ち侘《わ》びたことか。

相手がかつての教え子、十二歳の女の子とは夢にも思っていなかった。

もはやまともな倫理観など働くはずもなく、正常位の体勢からひりつく怒張を女の中心部に突き進める。

（ここだ、この穴に挿れるんだ）

狭隘《きょうあい》なとば口に不安が走るも、今さらあとには引けない。亀頭の先端を割れ目にあてがい、腰を軽く押しだせば、ぬるりとした感触に脳幹が甘く疼いた。

「あ、おおっ」

射精欲求がまたもや頂点に達し、目を閉じて下腹に力を込める。

(はああっ、やばかったぁ)

なんとか自制したものの、菜津美は苦悶の表情で顔を横に向けていた。

「い、痛いの?」

「ちょ、ちょっと……」

いきり勃つ男根は、まだ雁首が膣口を通り抜けていないのである。

試しに腰を進めてみるも、肉の綴じ目は少しも拡がらずに宝冠部を押し返した。

(ど、どうしよう……小学生じゃ、やっぱり無理なのかな)

泣き顔で唇を噛むも、剛直は少しも萎えずに反り返ったままなのだ。

「……先生」

「ん?」

「そのまま……挿れて」

「い、いいのかい? 痛いんじゃないの?」

「我慢する……あたしは、先生の奥さんなんだから」

けなげな言葉に胸が熱くなり、どんなことがあろうと、この子を守りたいという気持ちになる。

「ありがとう……ゆっくり挿れるからね」

微笑を浮かべて答えれば、しなやかな身体から力が抜け落ち、細い腕が首に絡みついた。

「先生……来て」

「うんっ！」

菜津美が再び目を閉じ、慎重に腰を繰りだす。にちゅりという肉擦れ音に続き、雁首が入り口を通過すると、亀頭が膣の中に埋めこまれた。

「お、おうっ」

ぬっくりした感触に陶然としつつも、剛槍の行く手を遮《さえぎ》る障害物が処女膜か。

菜津美は眉間に皺を刻み、破瓜《はか》の痛みに耐え忍んでいるようだ。

「あ、ンっ!?」

そろりそろりと腰を送り、駄々をこねる肉を掻き分けると、少女は小さな悲鳴をあげて身を引き攣らせた。

「あ、ああっ」

温もりがペニス全体を包みこみ、ようやくひとつに結ばれた実感を味わう。

「は、入ったよ」

「うん……お腹が、先生のおチ×チンでいっぱいになってる」

「痛くない？」

「最初は痛かったけど……今はそれほどでもない」

「ホントに!?」

涙で滲んだ睫毛、切なげに揺れる瞳を見ると、疼痛に耐えているのはわかった。子供らしからぬ気遣いに目頭《めがしら》が熱くなり、この子が初体験の相手でよかったと心の底から思った。

「すごく……熱いよ」

「菜津美ちゃんの中も熱くて、なんか温泉に入ってるみたい」

「やぁンっ」

恥じらう少女に胸がときめき、ペニスがドクンと脈打つ。本能を揺り動かされた亮平は、腰をくねらせて哀願した。

「動いても……いい？」

「……うん、あまり激しくしないでね」

やはり、まだ痛みがあるのだろう。試しに腰をゆっくり一往復させると、膣肉が収縮し、可憐な容貌が苦悶に歪む。

（す、すごい締めつけ）

肉棒がギュンギュン引き絞られ、亮平は凄まじい圧迫感に眉根を寄せた。

快感は少しも得られず、欲望の炎が鎮火したのも束の間、膣壁が徐々にこなれだす。

結合部をチラリと見やれば、ペニスは先端から根元まで鮮血に染まっていた。

（おおっ、やっぱり処女だったんだ！）

破瓜の血と愛液が肉胴に絡みつき、潤滑油の役目を果たしているのか、快感が息を吹き返し、ぎこちなかった腰の動きがスムーズになる。

「……あ」

耳に届いた喘ぎ声にハッとすれば、菜津美は思いがけぬ言葉をこぼした。

「気持ち……いいかも」

「ホ、ホントに!?」

「うん……まだ、ちょっとヒリヒリするけど」

顔が輝き、睾丸の中のザーメンが出口を求めて暴れ回る。

ディープキスにシックスナインと、何度も射精寸前まで追いこまれたのだ。少女のひと言から自制という防波堤が突き崩され、牡の淫情が臨界点まで膨れあがった。

「あ、ちょっ……あ、はぁぁンっ」

情欲に駆り立てられるまま、スライドのピッチが自然と速度を増し、真っ赤な肉棒が膣への抜き差しを繰り返す。

「ひ、ひぃぃンっ！」

菜津美の金切り声はもはや耳に届かず、亮平は放出に向けて一心不乱に腰を打ちつけた。

快感の暴風雨が吹き荒れ、腰全体が心地いい浮遊感に包まれる。射精への導火線に火がつき、一触即発の瞬間に気が昂る。

「あ、あ、も、もうイキそうだ」

「きゃンっ！」

肉根を子宮口に叩きつけた瞬間、一条の光が身を駆け抜け、性欲の塊が渦を巻いて迫りあがった。

「ああっ、イクっ、イクっ、イックぅぅっ！」

大口を開けて絶叫し、膣から怒張を引き抜けば、尿道から大量の白濁液がびゅるんと迸る。

「おおっ、おおっ、おおっ！」

至高の射精に心酔するなか、男の分身は精液を延々と吐きつづけ、頭の中がどろどろに蕩けた。

「あ、あ、あ……」

精も根も尽き果て、少女の身体にしなだれかかる。汗が肌の上を滝のように流れ、心臓が張り裂けんばかりに高鳴った。

「……先生」

菜津美は涙をぽろぽろこぼすも、口元には微笑をたたえている。

「あたし……ずっとそばにいてもいいよね？」

「あ、ああ……もちろんだよ……菜津美ちゃんは、俺の奥さんなんだから」

嘘偽りのない本音を告げると、よほどうれしかったのか、彼女は力いっぱい抱きしめてくれた。

（もう、離したくない……いや、離れられないよ）

どんな結末が待ち受けていようと、この子は自分が守りきる。

今の亮平に、迷いはいっさいなかった。

第四章　発情した二人の美少女

1

バージンを捧げた二日後の五月二日、月曜日。

菜津美が目覚めたとき、亮平の姿はどこにもなかった。

（そうか……バイトだったっけ）

時刻は午前十時を過ぎており、ずいぶんと寝てしまったものだ。

体調はすこぶるいいが、膣の中はまだひりつきがあり、「女の子」を卒業した事実を実感させた。

テレビを観ながら遅い朝食をとり、ダーリンとの甘いひとときを思い返す。

初体験を済ませたあと、亮平は人が変わったように性欲を剝きだしにした。翌日のチェックアウトまで寝る間を惜しみ、合計五回もエッチしてしまったのだ。回数をこなすたびに快感が増し、最後は頭の中が真っ白になりかけた。

エッチでイクことはなかったが、菜津美は亮平と結ばれただけで満足だった。

ホテルを出てからはドライブし、昼食と夕食を済ませて帰宅したときはさすがにくたくたの状態だった。

互いにシャワーを浴びたあとは、二人とも泥のように眠ってしまったのだ。

(もっと勉強して、ダーリンを喜ばせてあげないと)

家事もそつなくこなし、新妻としての義務をしっかり果たさなければ……。

決意を新たにした直後、化粧品を紹介するテレビショッピングのコーナーが映しだされる。

「……化粧かぁ」

メイクの経験はなかったが、女の子なら誰でも興味はあるものだ。

考えてみれば、亮平は過激なビキニに目を輝かせていた。

男という生き物は、視覚から性的な昂奮を得る性質があるらしい。

(化粧してエッチな下着で迫ったら、先生……どんな顔するんだろ)

想像しただけでワクワクし、いてもたってもいられなくなる。外に出てはいけないと何度も念を押されたが、菜津美は思い立ったらじっとしていられない性格なのだ。

（あ……もうすぐ女の子の日だし、生理用品も買わなきゃいけないんだ。こればかりは、先生に頼むわけにはいかないし）

少女は言い訳を繕《つくろ》い、食器をキッチンに下げてから勉強部屋に向かった。

買いだしは亮平が三回、デートのときもスーパーに寄ったが、ほしいものは次から次へと出てくる。

（また、男の子っぽい服装で行こう……あまり、遠くには行かないほうがいいよね）

駅ビルのショッピングモールなら人の行き来も多いし、目立たないのではないか。

同居生活を始めてから、初めての一人お出かけに胸が躍る。

菜津美はさっそくパジャマを脱ぎ、いそいそと外出の準備に取りかかった。

2

（やった、買っちゃった）

ショッピングモールの化粧品専門店を、菜津美はほくほく顔であとにした。

アイシャドウパレット、リップグロスにリップスティック、ネイルカラーにチーク、ファンデーション等、キッズコスメのコーナーで購入したので、店員に怪しまれることもなく、またひとつ大人への階段を昇った気がした。

(ちょっとエッチな下着も買ったし……ふふっ、店のお姉さん、あたしがもうバージンじゃないって知ったら、どんな顔するのかな)

優越感にも似た気持ちに浸りつつ、本屋の前で立ち止まる。

すっかり忘れていたが、毎月購入しているファッション雑誌はもう発売されているはずだ。本を買ったあとはドラッグストアに寄り、駅の反対側にある公園を散歩して帰ろうか。

(お洒落《しゃれ》なお店を見つけて、パフェを食べるのもいいかも……)

これからの予定を思い描き、弾むような足取りで本屋に立ち寄る。

「えっと、雑誌のコーナーは……」

あたりを見回した瞬間、いきなり背後から声をかけられ、菜津美は一瞬にして背筋を凍らせた。

「ちょっと……菜津美じゃない?」

舌ったらずのアニメ声には、聞き覚えがある。

（ま、まさか……亜弥《あや》？）

恐るおそる振り返ると、クラスメートの永井美貴《ながいみき》と小日向亜弥《こひなた》が佇んでいた。

「やっぱ、菜津美だよ」

今度は美貴が素っ頓狂な声をあげ、目を丸くする。二人は親友で、何をするにしてもいっしょに行動するほどの仲なのだ。

「な、なんで……ここにいるの？」

「それは、こっちのセリフだよ。あんたねぇ、大変だったんだから！」

「しっ！」

しんとした書店内では、人の目がある。詳しい事情を話せるはずもなく、菜津美は二人を店の外に促した。

「いったい、今どこにいるの？」

「ちょっと待って……ちゃんと話すから」

ショッピング街のメイン通りに戻れば、買い物客や駅を利用する人らが三人の前を早足で行き交《か》う。ここなら大きな声を出さなければ、気にとめる人もいないだろう。

「どうして、あんたたちがここにいるの？」

再び同じ質問を投げかけると、二人の親友はじろりと睨みつけた。

「今日の約束、覚えてないんだ？」

「……あっ」

亜弥の言葉を受け、菜津美は連休前に美貴の家でお泊まり会をする約束をしたことを思いだした。

「そ、そういえば……五月二日だったたっけ」

「あんたのママから電話がかかってきて、大変だったんだから。クラスの一人一人に連絡したみたい。昨日、警察にも捜索願いを出したみたいだよ」

「ホ、ホントに!?」

ママにはメールしたのだが、事件に巻きこまれていると考えたのかもしれない。

なんにしても、困ったことになった。

もう一度、メールを送っておくべきか。

「あたしたちだって、すごく心配して、何度も電話やメールしたし、あちこち捜したんだから」

「ご、ごめん……気づいてはいたんだけど、うまく説明する自信がなくて……で、どうしてここにあたしがいるってわかったの？」

率直な疑問を口にすると、大人びたルックスの美貴がどや顔で答えた。

「亜弥と、どこにいるんだろうねって話してて、あることを思いだしたの」

「……あることって？」

「ほら、言ってたじゃない。塾の先生のこと」

「……あ」

「この街に住んでるって聞いてたから、もしかしてと思って来てみたの。半信半疑だったけど、本屋に入るあんたを見かけたときはマジでびっくりしたよ」

「半分は、このモールにあるケーキ屋さん目当てだったんだけどね」

「いいの！　亜弥はよけいなこと言わないで」

美貴にたしなめられ、小柄な童顔の少女が舌をペロッと出す。

「で、本題！　どうして家出なんかしたの？　今、どこにいるの？」

亮平の指示を守り、やはり家にいるべきだった。

まさか、クラスメートとばったり顔を合わせてしまうとは……。

いや、見つかったのが、この二人でよかったのかもしれない。

なんといっても、美貴と亜弥はいちばんの友だちなのだ。

「お察しの……とおりです」

肩を落として告げると、二人の少女は目を大きく見開いた。

「ま、まさか!?　ホントに、先生のとこにいるの！」

「やっ！　そんな大きな声、出さないで」

「あ、ご、ごめん……と、とにかく、ちゃんと話を聞かせて」

「うん、わかった……ここじゃなんだから、そのケーキ屋さんに行こうよ」

この状況では、すべてを告白するしかない。

（仕方ないか、心配かけちゃったし……もしかすると、先生との新婚生活、これで終わりになるかも）

今さら後悔しても時間は戻せず、菜津美はただ小さな溜め息をつくことしかできなかった。

3

三人が向かった店はパンケーキ屋で、店内は若い女性とカップルで賑わっていた。

幸いにも隅のテーブルが空き、注文を済ませてからこれまでの経緯を順を追って伝える。

ママと編集者のキスシーンを見てしまったこと、発作的に家を飛びだし、亮平の家に転がりこんだこと、そしてバージンを捧げ、結婚の約束をしたこと。

ママのエッチを目撃したこと以外は包み隠さず話したが、二人は次第に鳩が豆鉄砲を食ったような顔に変わっていった。

「ショックで家出したのはわからないでもないけど……先生との話は本当なの？」

よほど信じられないのか、美貴が眉をひそめて問いただす。

「ホントだよ」

「じゃ、今も……その先生の家にいるんだ？」

「うん、新婚生活気分をたっぷり味わってるんだ」

「新婚生活って……あたしたちの歳で、結婚できるわけないいじゃない」

「わかってるよ、そんなの……だから、『気分』って言ったの」

美貴は早熟タイプで、高校生の従兄とファーストキスとペッティングを済ませている。奥手と思われた友だちに先を越されたことが納得できないのか、はなから信じていない様子だった。

「でも……単に憧れてるだけで、告白したとか、そんな話は全然してなかったじゃない。展開が、あまりにも早すぎない？」

今度は亜弥が疑念の目を向け、頬を膨らませて答える。

「ホントのことだもん……いい？　絶対に内緒だよ。親友だと思ってるから、全部話したんだからね」

「よく言うわ、ひと言も相談しないわ、連絡は返さないわ、約束まで忘れてたくせに。しょうがないから、今日は亜弥と二人でお泊まり会するつもりだったんだよ」

美貴に非難され、菜津美は一転して頭を下げた。

「ごめん……迷惑かけちゃって」

「で、これからどうすんの？」

「……え？」

「学校側にも家出のことが知られて、担任の先生も心配してるんだから……新婚生活だなんて、そんなのいつまでも続けられるわけないでしょ？」

現実的な問題を突きつけられ、暗い表情で押し黙る。

美貴の意見は的を射ており、返す言葉もなかった。

警察まで動いているのだから、亮平にも大きな迷惑をかけるどころか、犯罪者にしてしまう可能性もあるのだ。

重苦しい雰囲気が漂うなか、注文品が運ばれ、ソーダ水をひと口啜った亜弥がポツりと呟く。

「ひょっとして……その先生にだまされてるってことない？」

「あたしも今、同じことを思った。それでなくても、菜津美は生粋《きっすい》のお嬢様で世間知らずだし」

「そんなこと、ないもん！」

頭に血が昇り、思わず声を荒らげれば、となりのテーブルの客が何事かと視線を向けた。

「ちょっと……落ち着いてよ」

「ごめん……でも、先生は絶対に人をだますような人じゃないよ」

「だって、大学四年でしょ？　普通の人なら、帰るように説得するんじゃないかな」

「あたしが、無理に居座ったから……」

「だとしても、小学生の女の子に……手は出さないでしょ」

美貴は周囲に気を配り、最後の言葉だけ声を潜める。

二人は亮平と面識がないため、気弱で優しい性格を知らないのだ。

自分だけならまだしも、愛する人をけなされ、菜津美は泣きたい気持ちになった。

「あたし、家に帰ったほうがいいのかな……でも、先生と離れたくないよ」

鼻をスンと鳴らせば、再び沈黙の時間が流れ、美貴が腕を組んで溜め息をつく。

「そんなに……その先生のことが好きなんだ？」

「……うん」

「ひとつだけ、いいアイデアがないわけじゃないけど」

「え、な、何？」

「その前に、先生に会わせて」

思いがけない言葉に、菜津美は困惑した。

「その先生が信用できる人じゃなきゃ、あたしたちも協力できないもの」

「そ、そんな……」

「今日はあたしのうちじゃなくて、先生の家でお泊まり会するの」

「えっ、えっ!?」

菜津美ばかりか、亜弥まで驚きの声をあげ、美貴をじっと見据える。

「ど、どういうこと？」

「あたし、ママに電話して、亜弥のうちにお泊まり会を変更することになったって言うわ。うちは母子家庭で、ママは放任主義だから怪しまれることはないし」

「それで、菜津美の先生のとこに泊まるの？」

「そっ、先生がまともな人間かどうか、二人がどれだけ愛し合っているか、あたしと亜弥でしっかり観察するの」

「どれだけ愛し合ってるかって……」

「結婚してるんでしょ？　だったら、ふだんどおりにしてるとこを見せてくれればいいのよ」

「してるとこって……きゃっ、やぁぁンっ」

ふしだらな光景を想像したのか、亜弥はほっぺに手を当てて目をきらめかせた。見た目は子供っぽいくせに、セックスへの好奇心は彼女がいちばん強い。

菜津美に性の知識を吹きこんだのも、八割ほどは亜弥だったのだ。

「菜津美の言うことがすべて真実だったら、絶対に協力するって約束するよ」

頭が混乱して正常な判断がつかず、さりとて自分一人の力では問題を解決できそうにない。

親友二人に大きな迷惑をかけた事実だけが頭の中をぐるぐる回り、菜津美は首を縦に振ることしかできなかった。

4

（……困ったことになったな）

菜津美から電話連絡があったのは三十分前、引越しのバイトを終え、私的な買い物を済ませた直後だった。

彼女が約束を破って外出し、友人二人と出くわしたという話を聞いたときは総毛立ったものだ。

やはり、バイトは休むべきだったのかもしれない。

今さら後悔しても遅いが、家でお泊まり会をするとはどういうことなのか。

（常識で考えれば、友だちから非難されるんだろうけど……まさか、家に帰ったら、菜津美ちゃんのママが待ち受けてるわけじゃないよな？）

二人の友人以外には話していないと聞かされたが、大きな不安から逃げだしたい気持ちに駆られる。

アパートの前にたどり着くと、部屋の明かりがついており、菜津美が自宅にいるのは間違いなかった。

ない。

（二人の友だちも……いるんだよな）

彼女の喜ぶ顔が見たいがためにプレゼントを購入したのだが、今はそれどころではない。

まずは、詳しい事情を聞かなければ……。

亮平はズボンの後ろポケットからスマホを取りだし、菜津美の電話番号をタップした。呼びだし音のあと、やけに軽やかな声が聞こえ、心臓が早鐘を打つ。

『ダーリン？　今、どこ？』

「あ、ち、近くまで来てるんだ……」

『じゃ、早く帰ってきてよ。チキンやハンバーガー買ったから。もうパーティ始めてるんだよ』

「パ、パーティ？」

少女の声に暗さはいっさい感じられず、どうやら切羽詰まった状況ではないらしい。

多少はホッとしたものの、まだ不安は拭《ぬぐ》えず、亮平はやや引き攣った表情で問いかけた。

「あのさ……その二人の友だち、ホントに泊まってくの？　家の人、心配するんじゃない？」

『それは大丈夫、今日はお泊まり会の約束してたって、さっきの電話でも話したでしょ？　二人の親はうまいことごまかせたから、心配することないよ』

「そ、そう」

『二人とも、あたしと先生に協力してくれるんだから！　その前に、先生に会っておきたいんだって』

協力といっても、小学生にどれほどの手助けができるのか。

不安の影はさらに大きくなるも、家に帰らないわけにはいかない。

「わかった……すぐに帰るよ」

『早く帰ってきてね！　二人とも、待ってるんだから』

菜津美はキャピキャピした声で告げ、一方的に電話を切ってしまう。

(はあっ……腹を括るしかないか)

亮平は溜め息をついたあと、アパートの階段をゆっくり昇っていった。

薄暗い通路を歩いていき、ズボンのポケットから鍵を取りだす。

扉を薄めに開けると、勉強部屋から明るい声が洩れ聞こえ、とりあえず安堵の胸を撫で下ろした。

(この様子だと、中にいるのは菜津美ちゃんと二人の友だちだけみたいだな)

それでも不安は和《やわ》らがず、室内に足を踏み入れ、音を立てぬように後ろ手で扉を閉める。

靴を抜いで間口に上がった瞬間、脇にあるトイレから水の流れる音が聞こえ、亮平は肩をビクリと震わせた。

「あ、先生」

ドアが開いて菜津美が顔を出し、胸を押さえて息を吐く。

「あぁ、びっくりさせないでよ」

「ごめん……それよりも、約束破ったこと、怒ってる?」

「いや、今さら怒っても仕方ないよ……でも、大丈夫なの?」

「何が?」

「友だち……協力してくれるって、言ってたけど」

「正直に、全部話したんだ。あの子たちはあたしの親友だし、パパとママが別居してることも話してたから、気持ちはわかってくれたよ」

「そ、そう」

自分とのことは、いったいどこまで話したのか。

なんにしても第三者に知られてしまった以上、奇妙な同居生活は先が見えたのではないか。

一抹の寂しさは拭えないが、本来なら決して許されぬ関係を築いているのだ。

「先生、来て。紹介するから」

「いや、その前に……友だち、泊まってくんでしょ？」

「そうだよ、お泊まり会だもん」

「でも、来客用の布団はひとつしかないよ」

「あたしは先生のベッドで寝るよ」

「え、俺は？」

「もちろん、いっしょだよ。夫婦なんだから」

「いや、それはさすがにまずいんじゃ……」

「しょうがないでしょ、ひとつの布団で三人は寝れないんだから」

「それはそうだけど、あ……」

いちばんの懸念事項をはっきり確認しておきたいのだが、菜津美は話を終わらせて勉強部屋に戻っていく。

友だちを部屋に連れこんだのは成り行きだったとしても、いったい何を考えているのか。

「ちょっ……」

慌ててあとを追いかけるも、彼女は勉強部屋のドアを開け、亮平は極度の緊張から手に汗握った。

「旦那様が、帰ってきたよ」

「い、いや、旦那様って……あわわ」

否定しようとした刹那、二人の少女の姿が視界に入り、自分でも滑稽と思えるほど慌てふためく。彼女らは寝室からガラステーブルを運び入れ、床に敷いたクッションの上に座っていた。

「こんばんは、お邪魔してまぁす！」

「あ、あ、こ、こんばんは」

すぐさま正座して頭を下げれば、女の子たちはクスクス笑う。

「真正面に座ってるのが美貴、右側が亜弥だよ……こちらが、あたしのダーリン」

「りょ、亮平です！」

「初めまして、今日はいきなり押しかけちゃってすみません」

「いやいや、遠慮せずにゆっくりしてってください」

亮平は心にもない言葉を返し、二人の少女を上目遣いに見つめた。

真正面の女の子はセミショートの黒髪と浅黒い肌が活発な印象を与え、猫のような目とすっと通った鼻筋、ふっくらした唇が大人びた雰囲気を漂わせる。

「美貴は、テニス部に所属してるの。背も高いし、グループの中ではお姉さん的な存在かな」

「な、なるほど」

「亜弥はアニメ好きで、甘えん坊タイプかな。いつもぽわんとしてるの」

「ぽわんは、ひどい！」

長い髪をツインテールにした少女は童顔でぽっちゃりしており、くるくるとよく動く大きな目とふくよかなバストが目を射抜いた。

(で、でかい……ホントに小学六年生かよ)

ロリコン好きの男には、たまらないのではないか。二人とも菜津美に勝るとも劣らぬ美少女だが、今はにやけている場合ではない。

「先生は、ビールだよね？」

「ちょっと、その前に俺のほうからひと言だけ言わせてもらえる？」

「いいけど……何？」

亮平は居住まいを正し、美貴と亜弥に向きなおった。

「今回の件は、本当に申し訳ない。説得して帰らせなければいけないのに、こんなことになってしまって……君たちにも迷惑かけたみたいで、ごめんなさい」

素直に謝ると、真横から菜津美の涙声が聞こえる。

「先生が……謝ることじゃないよ。あたしが勝手に押しかけたんだし、困ってることがわかってて居座ったんだから」

「いや、そうだとしても、大人の俺には責任があるんだよ」

顔を上げて答えるあいだ、二人の友だちはぽかんとしていた。

「亮平先生でしたっけ？」

「え、ああ、そうです」

美貴の問いかけに振り向けば、大人っぽい少女が頬を緩める。

「あたしたち、心配だったんです。菜津美が、あなたにだまされてるんじゃないかと思って……でも、それが間違いだったということがわかりました」

「いい人だとわかって、安心したよね。美貴とは、変な人だったら、連れて帰ろうねって話してたんです」

今度は亜弥がにっこり笑い、友だち思いの少女らに頭を下げる。

（よかった……どうやら、信用してくれたみたい。この子たちに協力してもらって、

何かいい案でも浮かべばいいんだけど)

菜津美には未練があるが、この生活を続けていれば、破滅の日を迎えるのは明らかなのだ。

やはり、一日でも早く家に帰さなければ……。

藁《わら》にも縋《すが》る思いに駆られた瞬間、菜津美の甲高い声が響き、亮平はドキリとした。

「じゃ、話が済んだとこで、改めてパーティしよっ!」

「……へっ?」

「亜弥はビール持ってきて! 美貴は、チキンを温めなおしてくれる?」

「あ、ちょっ……」

「うんっ!」

にこやかな顔で席を立つ二人の少女を呆然と見送る。

今はパーティを楽しむ心境ではなく、これからのことを話し合いたいのだ。

「さ、先生、クッションの上に座って」

「あ、ああ、その前にシャワーだけ浴びさせてくれる? 今日は、汗をたっぷり掻いちゃったから」

「じゃ、バスタオルと着替え持ってくるね」

美少女がとなりの部屋に向かったところで、リビングからいい匂いが漂い、腹の虫が鳴る。

（は、腹が減った、とりあえず……酒は控えて、飯を食ってから話を切りだそう）

そう考えながら腹を手で撫でさするも、このときの亮平は美貴と亜弥のもうひとつの目的にまったく気づかなかった。

菜津美が、彼女らに加担していたことも……。

5

（まったく、美貴も亜弥も強引なんだから……いいわ、たっぷり見せつけて、あたしたちが本当に結ばれたこと、納得させてあげるんだから）

部屋の照明を常備灯にし、パジャマをゆっくり脱ぎ捨てる。

となりの部屋に目を向けると、引き戸が微かに開かれ、隙間から美貴と亜弥が食い入るように見つめていた。

（ホントにエッチなんだから……あたしに先を越されて、嫉妬してるのかも）

ベッドで寝息を立てる亮平を見下ろし、心の中で謝罪する。

（先生、ごめんね……お酒弱いのに、たくさん飲ませちゃって）

二人に頭を下げてくれたときは、うれしくて涙がこぼれそうになった。

誠実な対応に感動し、この人を好きになって本当によかったと思った。

愛しているからこそ、これ以上の迷惑はかけられず、二人の協力は絶対不可欠なものになるのだ。

（恥ずかしいけど、先生のためにやるしかないもん）

あそこはまだひりつきが残っているが、ためらっている場合ではない。

パジャマの上着とズボンを脱ぎ捨て、パンティ一枚の姿になる。菜津美は静かにベッドに昇るや、ブランケットを剝ぎ取り、ハーフパンツの腰紐をほどいた。

起こさないように紺色の布地をトランクスごと下ろし、縮こまったペニスを剝きだしにさせる。

足のあいだに跪《ひざまず》き、唇を寄せてキスすれば、肉の塊《かたまり》がムクムクと頭を起こした。

（先生のかわいいおチ×チン、何回もしゃぶってるんだから）

先端の実をがっぽり咥えこみ、頰を窄《すぼ》めて吸いたてる。

ペニスはまだ小さいため、それほど苦しくない。菜津美は喉の奥まで招き入れ、口の中の粘膜と舌で揉みしごいては舐めしゃぶった。

「う……嘘っ」

どちらが発したのか、引き戸の隙間から驚きの声が聞こえてくる。

優越感に浸りつつ、唾液をたっぷりまぶして顔のスライドを開始する。

くっちゅ、くっちゅ、じゅっぷ、じゅる、じゅぷぷぷっ！

わざといやらしい音を立て、二人の友だちに卑猥な姿を見せつけるあいだ、全身の血が沸騰しはじめた。

股間の中心も火照り、身体の奥底から早くも愛の泉が溢れだす。

(やぁン、濡れてきちゃった)

友だちに覗き見されている状況が、異様な昂奮を与えるのか。

変態としか思えない反応に戸惑う一方、胸のドキドキが収まらないのは紛れもない事実なのだ。

「ンっ、ンっ、ンっ！」

鼻からくぐもった吐息をこぼし、首の打ち振りが自然と熱を帯びていく。

おチ×チンの汗臭さも獣じみた臭《にお》いも、今はまったく気にならない。スライドの合間に舌をチロチロ這わせ、愛しいペニスを舐めしゃぶり、はたまた味わう。

やがて太腿の筋肉がピクリと震え、頭上から低い呻《うめ》き声が洩れ聞こえた。

「う、うぅん……あ」

すぐさま顔を上げ、ペニスをしごきながら身を伸ばして唇を奪う。

「む、ぐぐっ」

ダーリンは身を強ばらせたあと、目をキョロキョロさせてから唇をほどいた。

「ぷふぁ……菜津美ちゃん、ど、どうしたの？」

「ごめんね……我慢できなくなっちゃったの」

「我慢できなくなったって……」

彼の目がとなりの部屋に向けられ、予定どおりに耳元で囁く。

「二人とも帰ったから」

「え……ホントに？」

「うん、すっかり安心して帰っていったよ」

「で、でも……あ、くっ」

考える隙を与えず、陰嚢を手のひらで撫でさすれば、亮平は口をへの字に曲げ、両足を一直線に伸ばした。

（ごめん、また嘘ついちゃって……でも、今回だけは許して。ダーリンを守るためなんだから）

再びペニスに指を這わせると、鉄の棒と化した胴体がドクドクと熱い脈を打つ。

「先生、エッチしよ」

「いいけど……まだ、痛いんじゃないの？」

「大丈夫、今日は先生のしたいこと、何でもさせてあげる」

「マ、マジっ⁉」

「うん、顔射もお掃除フェラも……」

「お、おおっ！」

牡の肉がひと際反り返った直後、菜津美は大股を拡げて胸の上を跨《また》がった。

「ほら、見て」

「ああっ」

花柄のレースの刺繍を施《ほどこ》したセミビキニのパンティを、誇らしげに見せつける。

「ど、どうしたの？」

「先生のために……買ったの」

「す、すごいセクシーだよ……た、たまらん」

よほど喜んでくれたのか、亮平は鼻の下を伸ばし、セクシーランジェリーにしばし惚けていた。

「……脱がせて」

甘い声で誘いをかければ、鼻息を荒らげ、薄桃色の下着を忙しなく剝き下ろす。

菜津美は自ら布地を足首から抜き取り、彼の顔に恥骨を迫《せ》りだした。

「あ、ぷぷっ」

口と鼻に陰部を押しつけ、その気にさせようとヒップをくなくな揺らす。クリットがひしゃげるたびに快感が増し、恥ずかしい気持ちを呑みこんだ。

「あ、あ、いい、もっと、そう、おつゆをお豆に塗って、舌でつついたりこそいだりするの」

ママが放ったふしだらな言葉を口にすれば、亮平は目を血走らせる。

「今日の菜津美ちゃん、なんだかすごいエッチだよ……俺、昂奮してきちゃった」

「あぁン、もっと昂奮して！　何度でも搾り取ってあげるから!!」

「うおぉっ、な、なんてやらしいんだ……んぐっ、んぐっ！」

両足を目いっぱい開かされ、ぬめった舌が肉粒の上で跳ね躍った。

性感ポイントを掃き嬲られるたびに、全身がふわふわと心地いい感覚に包まれた。

（あぁンっ、激しい、激しすぎるよぉ）

性欲に火をつけさせたままではよかったが、このままでは自分がひと足先に頂点へ達してしまいそうだ。

「あぁンっ、いい、いい、すごい、ン、はあああっ！」

愛の交歓を二人の友人に見せつけるつもりが、もはや演技ではなく、今の菜津美は本当に感じていた。

腰を派手にくねらせ、恥骨をぐいぐい押しつけ、高みに向かって昇りつめていく。

「ああぁンっ、やあぁあ、イッちゃう、イッちゃうぅっ！」

菜津美は天を仰ぎ、腰を前後に打ち振った。

「あぁンっ、イクっ、イクイクっ、イックぅぅンっ！」

目眩がするほどの絶頂感にどっぷり浸り、そのまま後ろに倒れこむ。

「はあはあ……な、菜津美ちゃん？」

亮平が上体を起こしたところで、目の前のおチ×チンにしゃぶりつき、指先で陰嚢を揉み転がした。

「く、くほぉおっ」

鈴口からは大量の我慢汁が垂れ滴り、先端はすでにぬるぬるの状態だ。

(美貴も亜弥も、しっかり見て……あたしたちは、こんなに愛し合ってるの……本当の夫婦なんだから)

カチカチのおチ×チンを舐めている間に、女の子の大切な箇所が疼きだす。
一刻も早く、愛の契《ちぎ》りを交わしたい。
まだ見ぬ未知の世界に連れていってほしい。
牝の本能を覚醒させた少女は、おねだりするかのごとく腰をくねらせた。

第五章　ロリータ少女の挑発

1

（ま、まさか……菜津美のほうから積極的に迫るなんて）

引き戸の隙間からとなりの部屋を覗きつつ、美貴はいまだに信じられない気持ちでいた。

あの様子だと、バージンを捧げたという話は真実味を帯びてくる。

世間知らずのお嬢様が、いちばん初めに大人の階段を昇ることになろうとは考えてもいなかった。

胸がざわつくのは先を越された嫉妬なのか、それとも異様な状況に気が動転しているのか。

お嬢様学校だけに、生徒はおとなしい真面目な子が多い。美貴も例外ではなかったが、両親が二年前に離婚してから生活環境は大きく変わった。

母が看護師として復職したあとは一人で過ごす時間が多くなり、自然と大人びた考え方をするようになった。

元来の早熟傾向も手伝い、同学年の中では自分がいちばん早く初体験を済ますと思っていたのだ。

(塾の先生の話は聞いてたけど……単なる憧れだと思ってたのに)

亮平は誠実そうに見え、最初に謝罪されたときは安心感も得たし、確かに印象は悪くなかった。

それでも見せかけなのではないかという疑念も拭《ぬぐ》えず、まだ彼を信用できなかったからこそ、お泊まり会を予定どおりに決行したのである。

まともな大人の男性が、十二歳の小学生を相手にするわけがない。

それでなくても菜津美は、呆れるほど純粋でまっすぐな性格をしているのだ。

自分と亜弥が帰ったふりをすれば、本性を現し、利己的な性欲を親友にぶつけるのではないか。

ちょっとでも荒々しい態度を見せたときは、すぐに警察に通報しようと考えていた。今のところ、亮平は受け身の状態で悪辣な男には見えない。

(まだわからないわ。寝しなに迫られて、戸惑ってるのかもしれないし……もう！菜津美の奴、人にどれだけ心配かけさせれば済むのよ)

怒りの感情を覚えるも、元来は友だち思いの優しい女の子なのである。男の毒牙にかけられているのなら、なんとしてでも助けださなければ……。

菜津美や亜弥には自慢げに話したが、従兄にいきなりキスをされ、胸を揉まれたときは本当にびっくりした。

彼のことは嫌いではなかったし、性への好奇心から拒絶できぬまま、あれよあれよという間にペッティングにまで至ってしまったのだ。

あそこを触られたときは確かに気持ちよく、身体の深部から熱い潤みが溢れだした。裸にされ、恥ずかしい箇所を舐められ、女になるんだと覚悟を決めた。ところが挿入の段階になってから痛みが激しくなり、結局初体験は断念するしかなかったのである。

出血を目にしたときは罪悪感が込みあげ、自分にはまだ早いのだと自覚した。それでも彼は納得せず、口での奉仕を要求し、最後は大量の精液を顔にかけられた。

おとなしい従兄の変貌ぶりは、いまだに忘れられない。

(男なんて、すぐに狼になるんだから！)

拳を握りしめた瞬間、亜弥が熱い吐息をこぼす。

美貴は膝立ち、彼女は四つん這いの体勢でとなりの部屋を覗いていた。

胸のあたりで亜弥の頭がゆらゆら揺れ、昂奮しているのか、肩で息をしているのがはっきりわかった。

(外見は子供なのに、いちばんスケベなんだから！　本来の目的を忘れないでよ！)

肩をつついて合図を送るも、全神経が淫らな光景に集中しているのか、何の反応も示さない。

「あ、やンっ」

ハッとして顔を上げると、二人は次のステップに進んでいた。

(やだ……シックスナインしてる)

互いの性器を舐め合い、ピチャピチャといやらしい音が延々と鳴り響く。

先ほどの絶叫を思い返せば、彼女はフェラチオばかりか、エクスタシーまで経験しているのだ。

知らずしらずのうちに美貴の息遣いも荒くなり、乳首がキュンとしこった。

「ダーリン、ベッドの上に立って」

「え、何するの？」

「いいから立って」

亮平は言われるがまま腰を上げ、菜津美は正座の体勢からペニスに顔を近づけた。

「やぁっ……タマタマをしゃぶってるぅ」

亜弥が上ずった声をあげ、背中を軽く叩いてたしなめる。

奥手のはずの友人は皺袋をペロペロ舐め、半開きの口をそっと押しつけた。

頰がへこむと同時に陰嚢が口中に吸いこまれ、亮平が身を反らして雄叫びをあげる。

「お、おぉぉぉっ！」

よほど気持ちいいのか、彼の目は瞬く間にとろんとし、口から今にも涎がこぼれ落ちそうだ。

菜津美は肉玉をチューチュー吸ったあと、もう片方にも同様の手順を踏み、唾液にまみれた男の股間が妖しい照り輝きを放った。

今度はくぽぽぽっという音とともに、逞しい男根を根元まで咥えこんでいく。

息苦しいはずなのに、彼女はいつまで経っても顔を引きあげず、喉の奥でペニスの先端を締めつけていると思われた。

あんな過激な奉仕を、どこで覚えたのか。

「ああ、菜津美ちゃん、そんなことまで……」

「ぷふぁ」

口からペニスが抜き取られ、粘り気の強い唾液がシーツに向かってだらりと落ちる。

亮平の言葉を耳にした限りでは、菜津美は自らの意思で口唇愛撫しているようだ。

「おチ×チンの皮剝いて、たっぷりしゃぶってあげる」

「だ、だめだよ、そんなエッチなこと言ったら……あうっ！」

彼女は上目遣いにいやらしいセリフを投げかけ、再びペニスを呑みこんではリズミカルなスライドを繰りだした。

卑猥な水音が室内に反響し、胸のあたりがモヤモヤしてくる。

（なんか……変な気分になってきちゃった）

股の中心部まで火照り、大切な箇所に掻痒《そうよう》感が走りだす。亜弥の首筋からも熱気がムンムン放たれ、性的な昂奮に翻弄されているらしい。

（ホントにスケベなんだから……えっ⁉）

耳年増の友だちを見下ろした瞬間、美貴は驚きに言葉を失った。

亜弥はいつの間にかスカートをたくしあげ、右腕とヒップを小刻みに動かしていたのである。

（や、やだ……この子、正気⁉）

この状況で、しかも他人の家でオナニーに耽るとは……。

「やぁぁン、はあはあっ」

甘い声音と荒い息遣いの合間に、くちゅくちゅとふしだらな猥音が洩れ聞こえる。

「ちょっ、ちょっと……亜弥」

小声で咎《とが》めても、快感にどっぷり浸っているのか、彼女は聞く耳を持たない。

肩の動きがより激しくなり、美貴はとんでもない事態に卒倒しそうだった。

2

「先生、あたし……もう我慢できない」

「はあはあっ」

我慢できないのは、亮平も同じだった。

二日前にバージンを奪ったばかりなのに、まさかこれほどの積極性を見せようとは考えもしなかった。

あそこに痛みはないのか、不安はないのか。

童貞を捨てたあと、亮平は盛りがついてしまい、彼女の気持ちを考えずに五回もセックスした。破瓜の痛みはあるはずなのに、拒絶することなく受けいれてくれた彼女がいじらしかった。

それだけに、無理をしているのではないかと気を回してしまう。

「だ、大丈夫なの？」

「身体が熱くなっちゃって、すごく昂奮してるの」

室内は常備灯のオレンジ色の光に照らされているため、顔が紅潮しているのかわからない。ただ瞳はうるうるしており、発情の色を宿していると思われた。

「な、菜津美ちゃん」

官能的な表情に性欲をあおられ、ペニスが青龍刀のごとく反り返る。

亮平は跪き、肩を抱き寄せて唇を貪《むさぼ》った。

「ンっ、ふっ、ンむふぅ」

舌を絡め、唾液を啜り、熱い吐息を吹きこんでは互いの情感を高め合う。

股の付け根に手を伸ばせば、厚みを増した肉唇の感触に続き、愛液のぬめりが指先に絡みついた。

「あ、ンふぅっ！」

指を軽くスライドさせただけで、愛蜜がにっちゃにっちゃと淫らな音を奏でる。反撃開始とばかりに肉棒をしごかれると、今度は亮平がくぐもった喘ぎを洩らした。

「ぐ、ふうっ」

唇をほどけば、美少女は溜め息混じりにおねだりする。

「……挿れて」

手を引っ張られ、仰向けに寝転んだ菜津美は当然とばかりに大股を開いた。

女唇がぱっくり開き、とろとろの内粘膜が誘いをかけるように蠢《うごめ》く。きらきらした愛液のきらめきを目にしたとたん、脳幹が性欲本能一色に染められた。

「お、おおっ」

受けいれ態勢を整えた女体に色めき立ち、張りつめた肉の核弾頭を濡れそぼつ割れ目に押し当てる。

腰を突き進めれば、二枚の唇がO状に開き、宝冠部をぱっくり咥えこんだ。

「あ、ンぅっ」

菜津美は眉根を寄せるも、かまわず恥骨を迫りだし、引っかかっていた雁首が膣口をくぐり抜ける。

男根は勢い余ってズブズブと埋めこまれ、膣肉が胴体をキュンと締めつけた。

まだ破瓜の痛みがあるのか、彼女は口を真一文字に結んだままだ。

「だ、大丈夫？」

心配げに問いかけると、少女は目をうっすら開け、儚げな微笑を返した。

「うん、平気……来て」

高揚感に包まれ、まずはゆったりしたスライドで駄々をこねる肉を掻き分ける。

膣道は相変わらず狭いが、媚肉の感触は処女を奪ったときとは比較にならぬほどこなれていて、スムーズな腰の動きとともに快感も上昇気流に乗っていった。

（ああ、全然いい……もう、痛みはなくなったのかも）

結合部から卑猥な肉擦れ音が響き、しなやかな身体が汗の皮膜をうっすらまとう。

この調子なら、菜津美も快感を得ているのではないか。もしかすると、セックスでエクスタシーに導けるのではないか。

中ピッチの抽送から様子をうかがうも、菜津美の顔は強《こわ》ばったままで、とても悦楽の状態にあるとは思えなかった。

処女喪失から二日後では、やはり無理なのかもしれない。

さも残念そうに目を伏せた瞬間、ソプラノの声が鼓膜を揺らした。

「いい、いいっ！」

「……え？」

「気持ちいい、気持ちいいよぉ」

「ホ、ホントに？」

「うん、もっと、もっと愛して！」

男としての喜びと使命感が同時に湧きあがり、腰の律動が自然と熱を帯びる。

「きゃふぅぅン！」

ヒップがシーツから浮いたところで挿入角度が変わり、怒張が膣深くまで差し入れられた。

（おっ……なんか、しっくりくるぞ）

とっさに腰を抱《かか》えこみ、マシンガンピストンを繰りだすと、なめらかな感触に肉棒がいちだんといきり勃つ。

「あ、ひぃぃぃいっ！」

菜津美が身を反らして奇声を放し、結合部から酸味の強い淫臭が立ちのぼった。

腰の回転率が徐々に増し、恥骨がかち当たるたびにバツンバツンと鈍い音を発した。

大量の汗が顎からボタボタと滴り落ち、全身が火の玉のごとく燃えさかる。

「あ、すごい、すごい！　イクッ、イッちゃう！」

エクスタシー間近を伝える言葉が耳に届くや、亮平はラストスパートとばかりに腰をこれでもかと打ち振った。

「ぬ、おおぉっ！」

「ひぃうっ！」

腕の筋肉を盛りあげ、大きなストロークから肉洞を攪拌《かくはん》する。弾けるように腰を引き、肉の楔で子宮口を何度も小突く。

「あ、あ、あ……イクッ、イクッ、イックぅぅぅン!!」

ドシンと恥骨を叩きつけた直後、菜津美はシーツを引き絞り、ふだんより一オクターブも高い声で絶頂の訪れを告げた。

「あ、あぁ、お、俺も……イキそうだよ」

虚ろな表情で限界を訴えると、少女はか細い声で答えた。

「出して……中に出して」

「……え」

射精寸前に思わぬ言葉をかけられ、ためらいが頭をもたげる。

十二歳の少女は、果たして危険日があることを知っているのか。

「ぬ、ぐうっ」

不安が脳裏をよぎるも、腰の動きは止まらず、やがて背筋に熱い火柱が走った。

「あ、イクっ……イクっ」

腕の力を緩めると同時にヒップがシーツに落ち、膣からペニスが抜け落ちる。亮平は大口を開け、これ幸いとばかりに性の号砲を轟かせた。

鈴口から濃厚なしぶきが跳ね飛び、少女の胸元から下腹に降り注ぐ。

「あっ、くっ、ぐおぉっ」

脳漿が蕩けそうな射精感に酔いしれ、おびただしい量のザーメンを吐きだすと、全身の細胞が歓喜の渦に巻きこまれた。

ついに、いたいけな少女をセックスで頂点に導いてしまったのだ。達成感に満たされた亮平は菜津美にしなだれかかり、はあはあと荒い息を吐きつづけた。

細い腕が首に絡みつき、心臓の鼓動が肌を通して伝わる。長い沈黙のあと、蚊の鳴くような声が耳に届いた。

「……先生」

「ん？」

「……キスして」

言われるがまま頭を起こすと、少女の頰は涙で濡れている。

それほど気持ちよかったのか、本当の女になった喜びからなのか。胸を甘く疼かせた亮平は口元にキスし、黒艶溢れる髪を優しく梳《す》いた。

(あ、あぁ……ザーメンでベトベトだ)

うっかり身体を合わせてしまったため、胸や下腹にねっとりした感触が走る。

「動かないで、このままじっとしててね」

亮平はひと言告げてから、ヘッドボードに置かれたティッシュ箱に手を伸ばした。

なめらかな肌に付着した精液を丁寧に拭き取るも、二、三枚のティッシュではとても足りない。

(俺のほうも汚れてるし、シャワーを浴びたほうが早いかも)

いっしょに入浴するのも、おつなのではないか。

互いに気が昂れば、風呂場で二回戦という流れも悪くない。

萎えかけていたペニスに再び芯が入った直後、軽い寝息が聞こえてきた。

「え……菜津美ちゃん?」

よほど疲れたのか、少女は目を閉じ、かわいい寝顔を見せつける。

(友だちにばったり会ったばかりか、家にまで押しかけられて気疲れしたのかな?

それなのに、積極的に迫ってくるなんて……）

もしかすると、夫婦は毎晩エッチするものだと思っているのではないか。

困惑したものの、若い精力は一日経てば回復してしまうのだ。

この日も一度の放出では満足できず、初々しい裸体を見ているだけで性欲が息を吹き返した。

（いや、今日は……ゆっくり寝かしてあげよう）

無理をしてまで接してくれた気持ちに感謝し、頬にソフトなキスを見舞ってから身を起こす。

亮平は菜津美にブランケットをかけ、ふらつく足取りで浴室に向かった。

3

（あぁンっ、身体が熱いよぉ）

淫靡な光景を次々に目《ま》の当たりにした亜弥は、まるで自分が経験しているかのような錯覚に陥った。

口を使ってのふしだらな奉仕のあと、とうとうおチ×チンをあそこの中に挿れてしまったのだ。

素直に、菜津美が羨ましかった。自分も素敵な恋人相手に情熱的なキスをし、エッチで最高の気持ちよさを味わいたかった。

(これで、あたしだけ何も経験してないんだ)

顔にこそ出さなかったが、二人の親友には同じクラスになったときから劣等感を抱いた。

背が高く、スタイルのいい大人っぽい雰囲気の美貴。清楚で育ちのいいお嬢様、アイドル顔負けの美貌を持つ菜津美。

背が低くてぽっちゃりタイプの自分は彼女たちの足元にも及ばず、唯一勝るのがバストの大きさではうれしくもなんともない。

神様は不公平だと、何度思ったことか。

それでも美貴の親は離婚、菜津美の親も別居と聞いたときは、多少なりとも救われたものだ。

亜弥の父親は普通のサラリーマン、母親は専業主婦だが、とても仲がよく、それだけでも幸せだと思った。

大人に見られたい、背伸びしたいという願望が、他の二人よりも恋愛や性に対しての興味を強くさせたのかもしれない。

パパのパソコンを盗み見ては、アダルトサイトで性の知識を仕入れた。初心《うぶ》で何も知らなかった菜津美が、まさかいちばん早く大人になろうとは考えてもいなかった。

しかも、あんなに激しいエッチをするとは……。

(あぁ、あたしもしてみたいよぉ)

下着の裏地は愛液でぐっしょり濡れ、女の中心部がジンジン疼く。我慢できずにスカートを捲り、パンティをずらして恥ずかしい箇所を指で掻きくじる。

軽いアクメには何度も達していたが、身を仰け反らせるほどの快感は得られず、もどかしい欲求だけが募った。

「ちょ、ちょっと……亜弥」

頭の中はエッチな妄想でいっぱいになり、美貴に肩をつつかれてもわからない。

菜津美が身を弓なりに反らし、唇のあいだから歓喜のファンファーレが放たれる。

大きなおチ×チンが膣からぶるんと抜けた瞬間、白濁の塊が天高く舞いあがった。

(あ、すごいっ!)

射精は幾度となく繰り返され、とろとろの精子が菜津美の身体にぶちまけられる。

迫力ある放出に肝を潰すも、昂奮は覚めやらず、指の動きも苛烈さを増した。

（あ、ふっ、いい、気持ちいいっ、頭の中が真っ白になりそう）

美貴も性感を昂らせているのか、頭上から熱い吐息が聞こえ、甘ったるい熱気があたり一面に漂った。

「あ、あ、あ……」

エクスタシー寸前、美貴に腕を摑まれ、亜弥はようやく我に返った。

何事かと仰ぎ見れば、彼女は口に右手の人差し指を当てている。

室内が静まり返ったので、激しい動きはするなという意味らしい。

（あぁン、もうちょっとでイキそうだったのに）

亮平は菜津美の身体をティッシュで清め、ブランケットをかけてから床に下り立つ。

そしてバスタオルを手に取り、部屋のドアを開けて出ていった。

「ふうっ」

肩の力が抜け、美貴と同時に大きな息を吐きだす。

菜津美に目を向けると、ピクリとも動かず、軽やかな寝息が聞こえてきた。

「やだ……寝ちゃったみたい」

浴室のほうからガタガタと音がし、亮平はシャワーを浴びに行ったようだ。

逞しいペニスと菜津美の気持ちよさそうな声が頭の中を駆け巡り、下腹部のムズムズが頂点に達した。

ブラウスを脱ぎ捨て、スカートを下着ごと引き下ろす。

「ちょっと……あんた、何してんの？」

「あたしも、してもらうの」

「な、何言ってんの!?」

「だって、あたしだけ未経験なんて悔しいもん！」

唖然とする美貴を尻目にパンティを足首から抜き取り、亜弥は全裸の姿で勉強部屋を飛びだした。

4

（ああ、気持ちよかったな。でも……）

菜津美に酒を勧められるまま飲んでしまい、二人の友人ともこれからの対応策を話し合うことができなかった。

協力とは、いったいどんな方法を考えているのだろう。

いや、相手はまだ年端もいかない子供なのだ。最初から、まともな善後策など考えていないのかもしれない。

（俺がどんな男なのか、興味本意でうちに来ただけなんだ。でも……二人ともかわいかったな）

もちろん県下では有名なお嬢様学校だと知っているが、同じグループによくぞあれだけの美少女が集まったものだ。

（美貴ちゃんはやたら大人っぽいし、野生的だったっけ。亜弥ちゃんはむっちりタイプか……おっぱいが大きくて、見てるだけで背徳感があるよな）

童貞を捨てたことで性への執着心が高まり、もっと多くの異性と肌を重ねたいという思いに衝き動かされる。

美貴と亜弥の裸体を想像しただけで欲情し、股間に大量の血液が集中した。

シャワーを浴びているあいだもペニスは半勃ちを維持し、悶々とした気持ちはいっこうに消え失せない。

（すっかり盛りがついちゃったみたいだな……ん？）

脱衣場から物音が聞こえ、怪訝《けげん》な表情で振り返ると、磨りガラスの向こうに人影が見える。

「……菜津美ちゃん？」

目が覚め、汗を流しに来たのだろうか。

互いの性器を弄《いじ》り合い、そのまま二回戦に突入する光景を思い描いた刹那、ドアが開いてツインテールの女の子が姿を現した。

（え……あ、亜弥ちゃん⁉）

彼女は右腕で乳房を、左手で股間を隠していたが、よほど恥ずかしいのか、顔が耳たぶまで真っ赤だ。

帰ったはずのロリータ少女が、なぜ家にいるのか。しかも、全裸の格好で……。

訳がわからぬまま、亮平は前を隠さずに愕然と立ち尽くした。

「ど、どうして……」

喉の奥から声を絞りだすと、今度は背後から美貴が現れる。こちらは服を着た状態で、申し訳なさそうに口を開いた。

「ごめんなさい、帰ったというのは嘘なんです」

「ど、どういうこと？」

とりあえずシャワーの栓を閉め、股間を手で覆ってから問いかける。

「あたしたち、まだ亮平先生のことを信じられなくて、素《す》の姿を見ておきたいと思ったんです」

「あ、俺が善人を……装ってると？」

「ええ、それと……菜津美が変なこと言うから」

「変なこと？」

オウム返しすると、美貴はためらいがちに語った。

「亮平先生と結婚したとか、夫婦になったって言うから……とても信じられなくて、本当かどうか確かめようということになったんです」

「確かめるって……」

「ごめんなさい……となりの部屋から、ずっと覗いてました」

「え、ええっ⁉」

就寝中に菜津美がなぜ求めてきたのか、これで理解できた気がする。

彼女は友人二人に、愛し合っている姿を見せつけたかったのだ。

(どおりで、やたらエッチだと思った……じゃ、もしかして派手な声をあげていたのも演技だったのか？)

少女らの企《たくら》みにまんまとはまり、恥ずかしい姿をいやというほど曝《さら》けだしてしまうとは……。

（ぜ、全部、見られちゃったんだ。でも……）

二人が自宅にいる経緯は納得できたが、童顔少女の行動はまったくわからない。

「覗き見してるあいだに、あの、亜弥が昂奮しちゃって……」

「……へっ⁉」

美貴の事情説明に、亮平は目を剝いた。

（昂奮したって……俺と菜津美ちゃんのセックスを見て？）

目の前の女の子がエロスの塊に見え、こんもりした胸の膨らみと量感をたっぷりたたえた太腿に著《いちじる》しく劣情を催す。

「ホントにごめんなさい、あたしたち、すぐに帰りますから」

「あ、いや、帰るったって、もう夜遅いし、出歩くのはまずいよ。事情はわかったから、となりの部屋に泊まって……あっ」

亜弥が浴室内に足を踏み入れ、ツツッと歩み寄る。思いつめた表情、発情を孕んだ瞳にドキリとした亮平は、後ずさりして壁にもたれた。

「亮平先生、あたしにも気持ちいいことしてください」

「亜弥っ！」

ロリータ少女は美貴の呼びかけを無視し、身体をピタリとくっつける。

胸に押しつけられたバストはやたらふかふかしており、ツルリとした頬とアヒル口に男心が惹かれた。

「あたしだけ、まだ経験ないんですぅ……何でもしますから、教えてください」

「い、いや、あ、あの、それは……」

菜津美が留守にしていたら、この時点で抱きしめて唇を貪っていただろう。

男冥利《みょうり》に尽きる状況ではあるが、さすがに愛する人の友人に手は出せない。

「わ、悪いけど、それは……できないよ」

美貴の言葉を思い返せば、二人はこちらの人間性を探るために帰宅を装ったのだ。

ここで掟破りの行為に出れば、信用を失い、菜津美を悲しませることになる。

「ご、ごめんね」

頭を下げると、亜弥は唇を嚙み、大きな目に涙を滲ませた。

「亮平先生が謝ることじゃないです。こちらこそ、ごめんなさい……ほら、亜弥、早く出て……あ」

巨乳少女は何を思ったのか、いきなり手を鷲摑み、自身の股の付け根に導いた。

（あ、ああっ！）

ねっとりした感触に続いて、温かい淫液がぷちゅんと跳ねる。

ふっくらした花園はぬめり返り、肥厚《ひこう》した二枚の唇がすでに捲れあがっていた。

「あ、あふっ……あたし、もう、こんなになってるんですぅ」

指先が割れ目にすっぽりはまり、ぬるぬるの粘膜が絡みつく。

覗き見の最中に昂奮していたのは、紛れもない事実だったのだ。

亜弥が湿った吐息をこぼし、腰をくねらせては女肉をこすりつける。ペニスが瞬く間にフル勃起し、よこしまな欲望が股間の中心で渦巻いた。

(あ、あ……ど、どうしたらいいんだよ)

どうやら、この子は菜津美や美貴に対してライバル意識を抱いているらしい。

拒絶しようと思えばできるのだが、少女を傷つけたくない気持ちとスケベ心が交錯し、身体がまったく動かない。

(美貴ちゃんが飛びこんできて、止めてくれれば……)

縋りつくような視線を浴室の出入り口に向けると、大人びた少女はよほど驚いたのか、口に手を当てて茫然自失していた。

「あ、ぐうっ」

柔らかい指がペニスに絡みつき、呻き声をあげて背筋を伸ばす。

「あ、すごい……コチコチです」

「ぬ、ほぉぉっ！」

亜弥はうっとりした表情で怒張をしごき、脳漿がグラグラと煮え滾《たぎ》った。

（ああ、やばい、やばい！）

不埒《ふらち》な妄想が半分だけ現実のものとなり、分水嶺が牡の本能に向かって溢れだす。

わざとなのか偶然なのか、少女は胸をグイグイ押しつけ、空いた手で鈴口を撫でまわした。

すでに先走りの汁が噴きだしているのか、ぬるぬるの感触に続いて快感の微電流が脳波をさらに乱れさせる。

「あ、あ、だ、だめだよ、こ、こんなこと……」

「気持ちよくないですか？」

「い、いや、そういうことじゃなくて……あっ」

途切れ途切れの言葉でなんとか咎めるも、亜弥はいきなり腰を落とし、亀頭冠をペロペロ舐めまわした。

「唾をたくさん垂らすと、気持ちいいんですよね？」

「あ、あ……」

「あたしなら、菜津美よりも気持ちよくさせられます」

少女はペニスを唾液まみれにさせたあと、両の乳房に手を添え、上体を密着させた。

「え……おふっ！」

剛直が胸の谷間にすっぽりはまり、ふにふにした感触に目を見開く。少女が身を上下させると、すかさず腰に熱感が走った。

（パ、パイズリだぁっ！）

まさか、小学生の女の子がＡＶ女優さながらの性技を繰りだすとは……。

この子は、自分だけ経験がないと言っていた。

いったい、どういうことなのか。頭の中が混乱し、今はただ驚愕の眼差しを向けるばかりだ。

（そ、それにしても……でかい）

胸の大きさだけなら、大人の女性に引けを取らないのではないか。

ペニスは乳丘の中に埋まり、スライドのたびに頭頂部だけがひょっこり顔を出す。

ふんわりした柔らかい肉感に陶然とし、快感が緩やかな上昇カーブを描いた。

スムーズさが弱まると、亜弥は真上から唾液を滴らせ、双乳をたぷたぷと揺らして肉幹をしごきつづける。

「だめ、だめだよ……おっ、おっ、おっ」

いつしか目が焦点を失い、熱病患者のようにうわ言を繰り返した。

浴室の出入り口に佇《たたず》む美貴の姿が涙で霞《かす》み、次第に理性が本能に蝕まれた。

(やばい……このままじゃ、イカされちゃう)

丹田に力を込めた直後、足がすべり、身体がずるずるとずり落ちる。

「……あンっ」

ペニスが乳房から離れ、タイルに腰を下ろしたのも束の間、亜弥はすぐさま立ちあがり、陰部が目と鼻の先に迫った。

(あ、あ、パイパンだぁ!)

彼女の局部には恥毛が一本も生えておらず、のっぺりした丘陵が目を射抜く。

中心に刻まれた縦筋はベビーピンクの彩りを見せ、赤みがかった二枚の唇がはみだし、微かに覗く内粘膜はキラキラした蜜をたっぷりまとわせていた。

目がスパークした瞬間、乙女の恥部が口に押し当てられ、三角州にこもっていた淫臭が鼻腔を突きあげる。

「ぶ、ぷぷっ」

頭の中で大きな鐘がガランガランと鳴り響き、愛する人の友だちという事実が頭から吹き飛んだ。

無意識のうちに舌を突きだし、一も二もなく女肉の連なりを舐めたてる。

「あ、ひぃっ！」

少女は呻き声をあげたあと、ヒップをくるくる回し、恥骨をさらに押しつけた。

「ん、んぷふっ」

「ああ、ああ、いい、気持ちいいよぉ」

頭をがっちり抱えこまれているため、顔を離すことができず、ぬめった女唇が鼻と口を縦横無尽に這いまわる。

「もっと舐めて、舐めてくださいっ！」

呼吸がままならず、意識が朦朧としだしても、亮平は言われるがまま舌を跳ね躍らせた。

やがて薄皮の帽子が剝きあがり、コリコリした肉の尖りが唇を撫でつける。

口を開いて肉芽を引きこみ、チューチューと吸いたてれば、まろやかな腰がひくつき、高らかな声が浴室内に反響した。

「あぁァン、すごい！　おかしくなっちゃう、おかしくなっちゃうよぉ‼」

プルーンにも似た味覚に混じり、強烈な乳酪臭が正常な思考を破壊する。エロ中枢を刺激され、一心不乱に性感ポイントに快感を吹きこむ。

口腔粘膜でクリットを甘噛みしたとたん、腰の動きが止まり、続いて生白い足がガクガクとわなないた。

「あ、やっ、イクッ……イクっ」

オルガスムスに達したのか、亜弥が膝から崩れ落ちると、新鮮な空気が肺をいっぱいに満たす。

虚ろな表情で深呼吸を繰り返す最中、亮平はゆっくり近づく人影にハッとした。

顔を上げれば、すらりとした体形が目に入り、またもや息を呑む。

いつの間にか服を脱ぎ捨てた美貴が、一糸まとわぬ姿で佇んでいたのである。

5

（あ、あ……）

驚きのあまり、言葉が口をついて出てこない。

しっとり潤んだ瞳、濡れた唇、緩やかに波打つ胸の膨らみ。亜弥との淫らな行為に触発され、彼女もまた昂奮しているように思えた。

「亮平先生！」

「ん、ぷうっ」

美貴は跪くや、唇を重ね合わせ、唾液をじゅっじゅっと吸いたてる。舌がもぎ取られそうな激しいキスに、今はただ目を白黒させるばかりだ。

ロリータ少女は絶頂の余韻に浸っているのか、タイルに横たわったまま、ピクリともしない。

今度は左手をプライベートゾーンに導かれ、指先にねっとりした愛蜜が絡みつく。野性的な少女は自ら腰をくねらせ、くっちゅくっちゅと、早くもふしだらな水音が響き渡った。

ほっそりした指が怒張に絡みつき、性感が瞬時にしてV字回復する。

「ああ、んぅぅ、むふうぅっ」

美貴はキスの最中にペニスをしごきたて、鼻から息を吐くたびに心拍数が高まった。

(あぁ、なんでこんなことに……)

菜津美に気づかれたら面倒なことになるのはわかっていたが、淫情が紅蓮《ぐれん》の炎と化し、自制心がまったく働かない。

「は、ふぅぅンっ」

唇をほどいた美貴の顔はすっかり上気し、甘食《あましょく》を思わせる乳房の頂点もピンピンにしこり勃っていた。

浅黒い肌は陶器のようになめらかで、贅肉のいっさいないウエスト、長い手足が菜津美や亜弥とはひと味違った魅力を放つ。Vゾーンを見下ろせば、こんもりした楕円形の丘陵に黒い翳りがはっきり見て取れた。

三人の中ではこの子がいちばん早熟で、発育もいいのだろう。恥毛の下から覗く陰唇も厚みがあり、鶏冠《とさか》のように突きでている。

(お、おマ×コの形って……さまざまなんだな)

ボーッとした頭で考えた直後、美貴は舌舐めずりしながら腰を跨いだ。

(あっ!?)

ぱっくり開いた膣口はやはり狭いが、とろとろの粘膜が物欲しげにうねる。

「はあはあ、我慢できない……挿れちゃうから」

亮平は目をぎらつかせ、喉をゴクンと鳴らした。

亜弥の言葉を思い返せば、この子は初体験を済ませていることになる。

非処女の肉洞は、どんな感触と快感を与えるのか。

ペニスがひと際いななくや、亀頭の先端が割れ目にあてがわれ、ヒップがゆっくり沈みこむ。少女はとたんに苦悶の表情を浮かべ、肉の突端に圧迫感が走った。

「あ、あ……大きい」

逸物の比較などしたことはないが、自分のモノが巨根という自覚はまったくない。

（バージンじゃなくても、小学生の女の子相手じゃ……やっぱり厳しいのかな）

男根が折れそうな感覚に唇を歪めた瞬間、雁首は入り口を通過し、膣の奥に向かってにちゅちゅちゅちゅと突き進んだ。

「あ、あ……入っちゃった」

「む、むむっ」

媚肉がギュンギュンと収縮し、胴体に微かな痛みが走る。締めつけ具合は、菜津美とほぼ変わらないのではないか。

（い、いや……彼女以上かも）

美貴はほっそり体形だけに、あそこの中も狭隘《きょうあい》なのかもしれない。

「あ、うっ」

剛槍が根元まで埋めこまれると同時に、膣肉が弛緩してようやくひと息つく。

「はあっ」

美形の少女が小さな溜め息をつくと、亮平は心配げに問いかけた。

「大丈夫？」

「え、う、うん、大丈夫……久しぶりだから」

「久しぶり？」

この子は、いつ初体験を済ませたのだろう。呆れ顔をするも、ペニスは相変わらず臨戦態勢を維持したままなのだ。

下腹部全体がムラムラし、許されるものなら、すぐにでも腰を突きあげたかった。

「亮平先生……動いてもいい？」

「え？　あ、うん」

願ったり叶ったりの展開にコクコクと頷き、美貴が首に手を回す。そして抱っこちゃんスタイルから大股を拡げ、スローテンポのスライドで腰を上下させた。

「おっ、おっ」

「あ、ああっ」

予想以上にひりつきがあり、性感は少しも跳ねあがらない。

（こ、これなら……菜津美ちゃんのほうが気持ちいいかも。それとも、罪悪感から気持ちが乗らないのかな。まさか、処女じゃ……）

結合部に疑惑の目を向けると、肉棒に破瓜の血はいっさいついていなかった。

経験はあるのだろうが、回数はそれほどこなしていないのではないか。

いくら大人びているとはいえ、六年生に進級したばかりの少女が頻繁にセックスしているとは考えにくい。

額に脂汗を滲ませた直後、腰の律動がピッチを上げ、胴体になめらかな感触が走りはじめた。

（おっ、ちょっと気持ちよくなったぞ）

膣襞がほぐれたのか、怒棒が淫蜜で照り輝きだし、快感度数が徐々にアップする。

「あ、あああっ……いい、気持ちいい」

美貴は悦の声を発し、ヒップを目にもとまらぬ速さでスライドさせた。

締まりのある尻たぶがバチンバチーンと太腿を打ち鳴らし、鋼《はがね》の蛮刀が膣内への抜き差しを繰り返す。

今はもう抵抗感はなく、こなれた柔肉が男根をまんべんなく揉みしごいた。

「ぐ、ぐおっ」

「あぁ、いいっ、いいよぉぉっ！　奥に当たってすごい、すごいっ!!」

けたたましい嬌声が耳に届いたのか、亜弥の肩がピクンと震える。童顔の少女は頭を起こし、みるみる険しい顔つきに変わった。

「あっ……何やってんの！」

美貴は友だちの呼びかけを無視し、しなやかな肉体を躍動させる。

野生的な少女は運動神経も発達しているのか、息を切らすことなく杭打ちピストンを繰り返した。

(くっ、なんだ、この子……激しすぎるよ)

腰を使うこともできぬまま、今は全身に力を込めて放出を堪えるばかりだ。

「美貴、ずるいよ！　あたしが、先生としてたのに……あ、やぁンっ、入ってるとこが丸見え！」

亜弥は口を手で覆い、ふっくらバストをふるんと揺らす。

「おチ×チンが……出たり入ったりしてるぅ」

「あンっ、あンっ、気持ちいいよぉ」

「そんなに……気持ちいいの？」

「あぁ、イクっ、イッちゃいそう」

美貴は絶頂間近を訴えるや、上下のスライドから恥骨を前後に振りたてた。

イレギュラーな動きが肉筒に快美を吹きこみ、青白い稲妻が脳天を貫く。

「あ、ぐうっ！」

「あ、いい、これいい！」

恥骨同士がガツンガツンとかち当たり、怒張が収縮を始めた媚肉に揉みくちゃにされた。

「美貴……やらし……やらしすぎるよ」

性感に再び火がついたのか、唖然としていた亜弥の顔が瞬く間に惚けていく。

ロリータ少女は唇を舌でなぞったあと、左手で自らの乳房を揉みしだき、股のあいだに入れた右手を上下させた。

「あンっ、あンっ！　おチ×チン、おっきくて硬いっ!!」

美貴がはしたない嬌声を張りあげ、トランポリンをしているかのように腰を跳ねあげる。とたんに白濁のマグマがうねりだし、脳裏がバラ色の靄に包まれた。

「ああっ、イクっ、イッちゃう！」

「あ、ぐう、お、俺もイッちゃうぅ！」

「だめぇえっ！」

天を仰いで咆哮《ほうこう》すれば、亜弥に玉袋をギュッと引っ張られ、行き場を失った牡汁が副睾丸に逆流する。

（な、なんてことを!?）

驚きに目を剝いたものの、美貴はかまわず腰を振りつづけ、高みに向かって昇りつめていった。

「イクっ、イッちゃう！　イックぅぅっ!!」

恥骨のシェイクがピタリと止まり、男根が膣襞に引き絞られても、ザーメンは射出口を通り抜けない。

「あ、ああっ」

やるせない表情で肩を落とした直後、美貴は黒目をひっくり返し、そのまましがみ
ついてきた。

「あふっ、あふぅぅっ」

快楽の高波が押し寄せているのか、肉の振動が粘膜を通してはっきり伝わる。

（ああ、イキたい……俺もイキたいよぉ）

汗まみれの身体を抱きしめたのも束の間、亮平は思わぬ展開にギョッとした。

「どいて！　今度は私の番なんだから」

「……きゃっ！」

亜弥が美貴を無理やり引き離し、膣からペニスがぶるんと抜け落ちる。

肉筒は硬直を崩さず、天に向かって反り勃ったまま。苛烈な抽送を受けつづけ、茹《ゆ》
でたフランクフルトのようになっていた。

「亮平先生は、あたしとしてたんだから！」

疲労感と射精欲求が同時に襲いかかり、今は拒絶する気力さえない。

亜弥は大股を開いて腰を跨り、肉刀の切っ先を乙女のつぼみにあてがった。

「ちょっと、あんた初めてでしょ!?」

「挿れるんだもん！　あたしだけのけものなんて、やだから！」

友だちの忠告を受けいれず、巨乳少女は目尻を吊りあげてヒップを落とす。

（マ、マジかよ）

いまだにハーレム状態を実感できぬなか、ほっそりした陰唇が宝冠部を捕食する。

膣口は愛液と唾液でぬめり返っているが、小柄だけに果たして挿入は可能なのか。

緊張に身構えた刹那、亜弥はすぐさま苦渋の表情に変わった。

「い……痛い」

「ほら、言ったじゃない。あんたには、まだ無理だよ」

「無理じゃないもん！　菜津美だって、してるんだから！」

おっとりタイプに見えた少女は、どうやら負けん気が強いらしい。ライバル意識を剝きだしにし、ヒップを強引に沈めてくる。

「あ、くうっ」

雁首に疼痛が走った直後、亀頭が膣内に差しこまれ、亜弥が絹を裂くような声をあげた。

「ひぃぃぃっ!」

よほど痛いのか、少女は腰の動きを止め、大粒の涙をぽろぽろこぼす。

「あ、あ、あ……」

「だから、言ったでしょ」

「い、痛くないもん……今は、ちょっと休んでるだけなんだから」

「この強情っぱり!」

美貴は悪態をつき、正座の体勢から結合部を覗きこんだ。

「先っぽしか入ってないじゃない。身体の力を抜いて」

「え……こう?」

「まだ、力が入ってる。痛くないと思う方向に腰を動かすの」

「あぁン、どう動いても痛いよ」

「ちょっとの痛みぐらい、我慢しなさいよ」

自分は今、どういう立場にあるのか。

これでは、少女二人が大人になるための道具扱いだ。そこには愛情のかけらもなかったが、男の分身は排出を求めてひたすら奮い立つ。

「あ、ここなら……少し楽かも」

「そのまま、ゆっくり腰を落として」

「あ、あぁンっ！」

「ゆっくり、ゆっくりよ！」

熱い粘膜が亀頭から胴体を覆い尽くし、強烈な締めつけに奥歯を嚙みしめる。

やがて恥骨同士が密着すると、亜弥は大きな息をひとつ吐いた。

「あぁン、入っちゃった……あたし、バージンを捨てたんだ」

結合部を見下ろすと、下腹の周囲に血液が付着している。

菜津美に続いて、二人の友人とも肉の契りを交わしてしまったのだ。

「あんた、いつまで抱っこしてるのよ」

「だって……あそこがヒリヒリするんだもん」

「もう……しょうがないなぁ」

「あ、やだ、何っ!?」

美貴は真横から手を伸ばし、亜弥のクリットを指で弄りまわした。

「や、やぁぁ……あ、ふンっ」

腰が微かにくねりだし、膣内の締めつけもやや弱まる。燻っていた快感のほむらがチロチロと揺らめきだし、ペニスの芯が再び疼きだした。

(ああ、出したい、出したいよ)

胸底で本音を告げるも、処女を喪失した直後だけに荒々しい行為には移せない。

この寸止め状態が、いつまで続くのか。狂おしげに顔を歪めたとたん、なめらかな感触に続いて亜弥の動きも活発になった。

菜津美の処女を奪ったときと流れは同じだが、あそこの中はこちらのほうが圧倒的に狭い。

快感はボーダーラインを行ったり来たりし、いつまで経っても射精への導火線に火はつかなかった。

「やっ、ンっ、はっ、ンふぅ」

「やだ、クリちゃん大きいよ。オナニーばかりしてるんでしょ?」

「違う、そんなことしてないもん……あ、やっ、ふわぁ、だめ、だめぇ、あっ、イクっ……イクっ」

ロリータ少女は身を反らし、呆気なくエクスタシーの波に呑みこまれた。

「……イッちゃったの?」

「はあはあ……」

「やだ……クリちゃんでイッちゃうなんて」

「ち、違うもん……エッチで……イッたんだもん」

亜弥が負け惜しみを口にし、美貴が深い溜め息をつく。

「はあっ……わかったから、もう抜いて。亮平先生が、かわいそうでしょ」

結局、放出までには至らず、取り残されたような気持ちに苛まれる。

亜弥は恐るおそる腰を上げ、亮平は鮮血に染まったペニスを引き攣った表情で見下ろした。

「お風呂だから、ちょうどよかったかも……亮平先生、立てる？」

「あ、ああ……うん」

手足の関節がギシギシ鳴るも、なんとか立ちあがり、牡の肉が目に見えて萎えていく。美貴はシャワーヘッドを手に取り、温かい湯をペニスに浴びせた。

「やぁン、おチ×チン真っ赤っか」

「あ、そ、そんな……」

柔らかい手のひらで裏茎を撫でられ、手筒で汚れをゴシゴシ落とされる。牡の肉はまたもや体積を増し、快感と羞恥に腰がくねった。

「身体、冷えちゃったんじゃない？」

冷えたどころか、熱いぐらいだ。美貴は浴室リモコンの追い焚きボタンを押し、シャワーヘッドを亜弥に手渡した。

「はい、あんたは自分で洗って」

渋い表情をする巨乳少女をよそに、スタイルのいい少女はバスタブの蓋を開ける。

「あ、お湯、溜めてたんだ」

「そ、先生はいつもシャワーだけなの？」

「うん、面倒だし、真冬以外は入らないんだ」

「いっしょに入ろうよ」

「……え？」

ひょっとして、まだ続きがあるのではないか。獰猛《どうもう》な性欲はいまだに燻《くすぶ》っており、このままでは悶々として寝られそうにない。

「あたしも入りたい」

「ちゃんと、汚れを落としてからね」

「ちぇっ」

亮平は唇を尖らせる亜弥を尻目にバスタブの中に入り、美貴も向かい合わせのかたちで湯に浸かった。

「あたしも亜弥も、安心したから」

「……え？」

「亮平先生が、悪い人じゃないってこと」

「そ、そう……ありがと」

「これからも二人のこと、応援するよ。でも、あたし……亮平先生のこと、好きになっちゃったかも」

「えっ」

「あたしもだからね！」

亜弥は背中を向けてシャワーを浴びていたが、肩越しに心情を吐露する。

本来ならモテ期到来と喜ぶところなのだが、小学生の女子三人と淫らな関係を結んでしまったのだ。今はにやけている余裕はなく、ひたすら困惑するしかなかった。

（しかも、この子たちは菜津美ちゃんの友だちだもんな……すげえやばい状況なんだから……あ）

細長い指がまたもや牡茎に伸び、陰嚢から裏茎を撫でられる。

「亮平先生……もう一回しよ、ね？」

美貴は耳元で甘く囁き、身体を反転させて腰を跨いだ。

「む、むむっ」

怒張は萎えるはずもなく、路のついた膣道は亀頭をさほどの抵抗なく咥えこむ。形のいいヒップが沈みこむや、男根はあっという間に根元まで埋めこまれ、大人びた少女と二度目の交情を結んでしまった。

「ンっ、はぁ、気持ちいい」

「あ、ううっ」

水の浮力が働き、圧力や重さはそれほど感じない。軽く腰を突きあげただけでも、剛槍は大きなストローク幅で抜き差しを繰り返した。

(風呂の中でも、あそこの中はぬるぬるだ……ああ、さっきよりも全然いい。これなら、イケそうかも)

美貴のスライドも徐々に速度を上げ、射精願望が完全に息を吹き返す。

「はあっ、はあっ、ンっ、いい」

熱い吐息に続いて湯がちゃぷちゃぷと波打つも、シャワーの音で掻き消され、亜弥はまったく気づいていない。

これ幸いとばかりに、亮平は背後から手を回して乳房を揉みしだいた。

手のひらにすっぽり収まる乳丘は、亜弥とはひと味違った心地よさを覚える。

突端の実を指でつまんでくるくる回せば、なだらかな背が反り返り、腰の抽送が激しさを増した。

「あ、はあぁぁぁっ、やぁぁぁあっ！」

「あ、また抜けがけしてっ！」

さすがに耳に届いたのか、亜弥が振り返りざま尖った視線を向ける。

「最初に抜けがけしたのは……あんたじゃない……はっ、やっ、くふぅっ」

今は放出の一点に全神経が注がれ、亮平の突きあげも止まらない。

腰の奥が甘美な鈍痛感に包まれ、脳幹で白い火花がバチバチと弾ける。

（あ、あ……イキそうだ）

腰を上げ、膣からペニスを引き抜こうとした刹那、巨乳少女がバスタブに乱入してきた。

「亮平先生、あたしにも、あたしにもしてください！」

「きゃっ！」

亜弥は前のめりになった美貴の背を跨ぎ、ペニスを膣から強引に抜き取るや、自身の秘園に導いた。

「亜弥、重い。どいて!」

「あたしが、挿れるんだから」

「きゃンっ!」

美貴が重さに耐えきれずに湯に沈み、亜弥の身体も崩れ落ちる。宝冠部がスリットを上すべりし、愛液のぬめりが敏感な鈴口をピンポイントで刺激した。

「あ、おおっ!」

ストッパーが弾け飛び、牡の淫情が堰《せき》を切って溢れだす。懸命に耐え忍ぼうにも、凄まじい官能電流が自制の結界を粉砕する。

(あ、あ……だめ、だめだぁ)

唇の端をわななかせた瞬間、浴室の扉が開き、甲高い声が空気を切り裂いた。

「ちょっと! 何やってんの!!」

「あ、あぁ」

菜津美が目を吊りあげ、鬼のような形相で睨みつける。最後の踏ん張りとばかりに括約筋を引き締めるも、牡のエキスはすでに輸精管をひた走っていた。

「う、おぉぉっ!」

尿管から大量の樹液が噴出し、亜弥と驚きに振り返った美貴の顔に跳ね飛ぶ。

「きゃあああっ!!」

「ぬおっ、ぬおっ!」

男子の本懐は一度きりでは終わらず、濃厚なザーメンが次から次へと放たれ、二人の髪や顔を真っ白に染めていった。

「やぁぁンっ」

「顔が熱いよぉ」

一瞬にして射精感が吹き飛び、代わりに言葉では言い表せぬ戦慄《せんりつ》が襲いかかる。

二人の友だちとの乱痴気騒ぎを、菜津美に見られてしまったのだ。

今は怖くて、彼女の顔を見られない。

亮平は肩を窄めて俯き、ただ身を震わせることしかできなかった。

第六章　愛欲全開の美少女妻

1

翌朝、目を覚ますと、寝室に菜津美の姿はなかった。

（あ、そうだ……昨日は一人で寝たんだっけ）

昨夜の失態が甦《よみがえ》り、寝返りを打って頭を抱《かか》えこむ。

浴室を出たあと、亮平は寝室に戻り、菜津美は美貴や亜弥を勉強部屋に促《うなが》した。

ひそひそ話は聞こえていたが、バイト疲れに二度の放出がたたったのか、いつの間にか眠ってしまったらしい。

菜津美が寝室に戻ってきた形跡はなく、二人の友だちと夜を明かしたのだろうか。

（ずいぶん静かだけど……どうなってんだ？）

ベッドから下り立ち、勉強部屋に歩み寄ったとたん、リビング側のドアが開き、険しい顔つきの菜津美が姿を現した。

「……あ」

「ずいぶん、ぐっすり寝てたね」

「お、おはよう」

「もう、十時過ぎだよ」

愛想笑いを返しても、彼女はニコリともしない。ひと晩経っても、怒りは収まらないといったところか。

（当たり前か……友だち二人とやっちまったんだから）

三人のあいだで、どんな話し合いがされたのか。

自分の軽々しい行為で友情関係が壊れたとしたら、いくら謝罪してもしきれない。

気にはなるが、今は当たり障りのない質問しかできなかった。

「ふ、二人は？」

「帰ったよ、一時間ほど前に」

「……え？」

「お泊まり会なんだから、ずっといるわけないでしょ」

「あ、そ、そうか」

「サンドイッチとサラダ、作ってあるから、顔を洗ってきて」

「は、はい」

亮平は弱々しい返事をし、逃げるように洗面所に向かった。

(朝食を作ってくれたんだから、嫌われてないとは思うけど……)

小学六年の女の子の心理は、どうにもわからないことばかりだ。

顔を洗って部屋に戻ると、朝食がガラステーブルの上に置かれている。

となりの部屋を覗くと、洗濯するつもりなのか、菜津美は布団からシーツを外している最中だった。

(ちゃんと……謝っておかないとな)

おずおずと歩を進め、俯き加減で口を開く。

「あ、あの……」

「何?」

「昨日は……ごめん。あんなことになっちゃって」

頭をペコリと下げると、美少女はシーツを放り投げ、腰に手を当てて睨みつけた。

「怒ってるんだからね」

「……うん」

「まさか、新婚早々、浮気されるとは思ってなかったよ」

「返す言葉も……ありません」

「まあ、美貴と亜弥から事情は聞いたから、今回は許すけど」

「ホ、ホントに!?」

「仕方ないでしょ！」

多少なりとも気が楽になったが、菜津美の表情は相変わらず堅い。

「まさか……あれから、ケンカとかはしなかったよね？」

「二人とも、ずっと平謝りだったから、そんなことにはならなかった」

「そ、そう」

最悪の結末にはならなかったらしく、とりあえず安堵の胸を撫で下ろす。それでも気が晴れないのか、少女の愚痴は止まらなかった。

「ずっと、勃ちっぱなしだったんだってね」

「あ、あの、それは……」

「あたしとしたあとなのに……」

「はっ、それはもう……とても反省してます」

「そんなに気持ちよかったわけ？」

「いえ、菜津美ちゃんに比べたら月とスッポンです」

「それにしちゃ、たくさん出してたよね。びゅんびゅん飛ばしてたじゃない」

あまりの恥ずかしさに、身が裂かれそうになる。

なんとタイミングが悪いのか、菜津美が扉を開けた瞬間に射精してしまうとは……。

獣じみた性欲に衝き動かされ、彼女の友だちと性的な関係を結んだのは紛れもない事実なのだ。

「ロリコン！」

「……はい」

「変態っ！」

「……はい」

「異常性欲者！」

「そのとおりでございます」

今は何を言われても、甘んじて受けるしかない。ところが、菜津美はなぜか小悪魔の笑みを浮かべて歩み寄った。

「お仕置きするから」

「……へ？」

「たっぷりお仕置きして、反省してもらうから」

「あ、あ、それはかまわないけど……どうするの？」

「おチ×チン、出して」

「え、ええっ!?」

ペニスを露出させて、どんな仕置きをしようというのか。

不安に顔を曇らせるも、なぜか男の血は騒いだ。

何はともあれ、弱い立場にある以上、今は彼女の指示に従うしかないのだ。

亮平はハーフパンツの紐をほどき、紺色の布地を下着ごとゆっくり下ろした。

もちろんペニスは縮こまったまま、ピクリとも反応しない。

菜津美は牡茎を一瞥したあと、頭の後ろに手を回し、ポニーテールに束ねていた黒い髪紐をほどいた。

瞬きもせずに見守るなか、少女は手にした紐をペニスの根元にあてがう。

「あ、な、何を!?」

「お仕置きだって、言ったでしょ」

「あ、ああっ」

菜津美は細い紐で胴体を幾重にも括ったあと、蝶結びで牡の肉を拘束した。

「あたしがいいって言うまで、外しちゃだめだからね」

ギューギューに絞られたペニスは包皮が完全に剝け、なんとも不恰好な形に変わる。

なんと、いやらしい罰を与えるのだろう。

呆然とした直後、海綿体に血液が流れこみ、根元に強烈な痛みが走った。

「あ、ぐ、わあぁっ」

「痛いの?」

「痛い、痛いです」

「だったら、小さくすればいいでしょ?」

理屈ではわかっていても、自分の意思ではどうにもならない。

節操がない性欲を罰するには、まさにうってつけの仕置きなのではないか。

「信じられない。紐でただ縛っただけなのに、おっきくするなんて」

「あ、くうっ」

「すっごい、血管がこんなに浮きでちゃってる……先生って、やっぱり変態だったんだね」

根元を縛る紐は激しい痛みを与えるのに、勃起力はまったく衰えない。

「は、反省しました。だから、外していい？」

「だめに決まってるでしょ」

こうなったら、ふしだらな考えや妄想はすべて頭から排除するしかない。

内股の体勢から無理にでも気を鎮《しず》めようとするも、菜津美はさも退屈そうな顔で呟《つぶや》いた。

「さてと、お出かけでもしようかな」

「……え？」

「家に先生と二人きりでいても、憂鬱になるだけだし」

「だ、だめだよ。また知ってる人に会ったら、どうするの？」

「でも、いい天気だから、家の中に閉じこもってるのはもったいないよ」

あるアイデアが閃《ひらめ》き、手のひらをパチンと叩いてから提案する。

「そ、そうだ！　温泉旅行に行かない!?」

「え……そりゃ行きたいけど、今からじゃ予約なんて取れないでしょ？　連休中なんだから」

「それが、穴場中の穴場があるんだよ。先生の親戚が勤めてる会社の保養所があって、連絡すれば、いつでも泊まれるんだ」

「ホントに!?」

「うん、混んでる時期でも空き部屋を確保してるらしくて、お偉いさんだけ予約オーケーなんだって」

「先生の親戚の人、お偉いさんなんだ？」

「そうだよ、だって副社長だもの。もし行くんだったら、伯父さんにすぐにでも連絡するけど」

「行く、行く行く！　絶対に行くっ!!　どこにあるの？」

「ここから、車で三時間ほど行った山の中だよ」

「やったぁ！」

よほどうれしかったのか、菜津美は飛びあがって喜びを露《あらわ》にする。

多少のリスクはなきにしもあらずだが、美少女のご機嫌取りには最高のイベントになるのではないか。

（まあ、大丈夫だろ……友だちと二回利用したけど、伯父さんや保養所側からは何の詮索もなかったし）

この旅行で失った信頼を、少しでも取り戻せればいいのだが……。

（それに、拘束も外してくれるかもしれないし、いや、そうするしかないよ……これじゃ、旅行も楽しめないもんな）

そう思いながら、亮平はいびつになったペニスを恨めしげに見下ろした。

2
（ちょっと、厳しすぎたかな）

菜津美はお菓子を口に運びつつ、車を運転する亮平をチラリと見やった。

軽自動車は目的地に向かって快調に疾走するも、彼の顔色は優れない。

温泉旅行に出かける段になっても、菜津美はペニスの拘束を外さなかった。

女王様の動画が頭を掠《かす》め、コックリングの代わりに紐を使用したが、彼にとってはことのほかつらそうだ。

美貴や亜弥に結婚の事実を知らしめるためとはいえ、積極的なエッチを見せつけ、イッたふりまでしたのはやりすぎだったかもしれない。

すっかり昂奮し、亮平に迫ってしまったという二人の言い訳に、菜津美は渋々納得するしかなかった。

(許すしかないよね、あの子たちの協力は絶対必要なことだし。でも……)

ダーリンに対しては、悶々とした気持ちをどうしても拭《ぬぐ》えなかった。

一度射精しているのに、自分以外の女の子に誘われ、はっきり拒絶できないとは情けない。

誠実で真面目だと思われた亮平が、まさかこれほど見境ない男だったとは……。

(やっぱり、ロリコンなのかなぁ)

旅行の提案をされたときは素直にうれしかったが、昨夜の出来事を思い返しただけでムカムカしてくる。

ブスッとした顔をした直後、亮平は前方を向いたまま口を開いた。

「伯父さんには友だちと行くと伝えたけど、保養所では妹ってことにしておくから」

「さっきも聞いた」

「あの……ひょっとして、まだ怒ってるのかな？」

「当たり前でしょ」

「チ×ポ、痛いんだけど……」

「小さくしてたら、何ともないんでしょ。それとも、またおっきくさせてんの？」

「いや、今は大丈夫だけど、なんか気になっちゃって……ほら、事故ったら、まずいでしょ？　せめて、運転中だけでも外してくれないかな？」

罰は罰、心の底から反省するまでほどくつもりはなかったが、確かに事故を起こされたら困る。

仕方なく、菜津美は譲歩した。

「わかった……じゃ、次のサービスエリアに寄って。外してあげるから」

「ホントに!?」

「向こうに着いたら、またつけるからね」

肩を落として溜め息をつくダーリンを、菜津美はキッと見据えた。

（こんなもんじゃ、終わらないいんだから。他の女の子に目を向けないよう、今日はあたしの魅力をいやというほど教えてあげる！）

女のプライドをかけ、ぎゃふんと言わせなければ腹の虫が収まらない。

いったんお菓子をしまおうとダッシュボードを開けた瞬間、ビニール袋に入ったピンク色の物体が目に入った。

（あれ、何だろ……これ）

中から引っ張りだすと、亮平があっという声をあげる。

「何？　何なの？」

「いや、あの、なんでもないよ」

「そ、浮気したばかりか、隠し事までするんだ」

強烈な嫌味をぶつければ、ダーリンは観念したのか、肩を落として答えた。

「ピ、ピンクローターです」

「ピンクローター？　何に使うものなの？」

「そ、それは……」

どうにも答えづらそうで、いかがわしいものではないかと推測する。

「いい、自分で調べるから」

座席のあいだにある収納ボックスを開け、亮平のスマホを取りだして検索すれば、ローターの目的や使用法を知るまで、さほどの時間は要さなかった。

「や、やらし……ふうん、薄っぺらい板みたいのが入ってたけど、あれがリモコンなんだ」

「ははっ」

「はは、じゃないでしょ！　どうしたの、これ？」

「ラ、ラブホテルで買ったんだ……水着といっしょに」

「ええっ！」

「結局、使わなかったけど……ボックスの中に入れて、すっかり忘れてたよ」

「思いだした！　先生、水着に着替えずにベッドルームでボーッとしてた」

「うん……説明書を読んでたんだ」

「……呆れた」

男の性への執着心には驚くばかりだが、菜津美自身も性的な好奇心を隠せず、奇妙な物体をしげしげと見つめる。

「ふうん、これをあそこの中に入れて、リモコンで遠隔操作するんだ……気持ちいいのかな」

「いや、男の俺にはよくわからないけど……」

「挿れてみようかな」

「ホントに!?」

亮平が目をきらめかせ、鼻から荒い息を吐きだす。直後、サービスエリアの看板が視界に入り、車は減速しつつ左車線に入った。

「先生にだけつらい思いさせるのも、かわいそうだし……人目のつかない場所に停めてくれる？」

「えっ、ここでやるの!?」

「試してみるだけだよ」

亮平は駐車場のいちばん端に停車させ、エンジンを切るや、ぎらついた目を向けた。

「見ないで」

「は、はい！」

彼が背を向けたところでスカートを捲り、腰を浮かしてパンティをずり下ろす。

（かなり小さいし、これなら簡単に入るかも）

ビニール袋から取りだしたローターを秘所に近づけ、足をためらいがちに開く。

（あ、濡れてないから、挿れづらいかも）

圧迫感を覚えたのも束の間、丸みを帯びた物体は膣の中にすっぽり収まる。

「ヤンっ……変な感じ」

「もう挿れたの⁉」

興味津々《しんしん》なのか、彼の声は早くも上ずっている。

「まだ！　振り向いちゃだめだからね！」

念を押してからリモコンを手に取り、自分でスイッチを押してみる。とたんにローターが振動を開始し、甘美な性電流が股間から脊髄を這いのぼった。

「あンっ！」

「ど、どうしたの!?」

「これ……かなり強烈かも」

「振り返っていい？」

「ちょっと待って」

膣の奥から温かい潤みが溢れだし、このままでは下着を汚してしまう。

菜津美は脱いだパンティをバッグに入れ、腰を浮かしてスカートの裾を下ろした。

ちょっとした動作でもローターが膣壁をゴリっと抉《えぐ》り、またもや艶っぽい溜め息をこぼす。

「……やぁぁンっ」

「どうした!?」

待ちきれなかったのか、亮平は上体を反転させ、菜津美は前屈《かが》みの体勢から股のあいだに両手を差し入れた。

「そ、そんなに強烈な振動なの!?」

「うん……けっこう気持ちいいかも」

「スイッチを押すたびに、『中』と『強』に切り替わるんだよ」

「え、これでも強いのに」

試しにスイッチを押してみると、振動が回転率を増し、膣の中で暴れ回る。

「ひぃぃぃンっ！」

亮平はすばやくリモコンを奪い、スイッチを二回押してモーターを停止させた。

「あぁ、びっくりした」

バイブレーションは消え失せたが、あそこにはまだ微かな快感電流が残っている。

ホッとひと息つけば、今度は亮平が呻《うめ》き声をあげた。

「つつっ」

「どうしたの？」

「菜津美ちゃんの感じてる顔を見てたら、昂奮しちゃって」

「エッチ……じゃ、緩めてあげるよ」

「いや、やっぱり……いい」

「え、どうして？」

「だって、これは罰なんだろ？　菜津美ちゃんが納得してくれたときに外してくれればいいから。その代わり……」

「あンっ！」

膣の中のローターがまたもやモーター音を響かせ、思わず背筋をピンと伸ばす。

「保養所まで二十分ほどで着くし、菜津美ちゃんもこのまま挿れておこうよ。『弱』の状態なら、我慢できるでしょ？」

「我慢できるけど、なんであたしが……ンふっ」

顔を向けただけで性感ポイントを刺激され、アダルトグッズが与える快感にポーッとしてしまう。目元を赤らめた菜津美は股間を押さえつつ、か細い声で答えた。

「もう……目的地に着いたときは、スイッチ消してね」

「うん、わかった。保養所の人に勘ぐられたら困るからね」

亮平は独り合点《がてん》し、エンジンをかけてほくそ笑む。

果たして、愛する人との一泊旅行はどんな展開が待ち受けているのか。

（新婚旅行みたいなものだもん。夜になったら……）

淡い期待を抱く一方、膣全体がやたらムズムズし、秘園の奥からは早くも愛の蜜が滾々《こんこん》と溢れだした。

3

「えっ、保養所って、ここ？」

午後三時過ぎ、目的地に到着すると、菜津美は背筋を伸ばして目を丸くした。

山の中腹、風光明媚《めいび》な場所に建てられた保養所は小洒落《こじゃれ》たホテル風で、外壁もエントランスも清潔感に溢れている。

（さすがは一流企業だけに、福利厚生がしっかりしてるよな。伯父さんのコネで、この会社に入れないかな）

入社試験は受けるつもりだが、菜津美との件が公《おおやけ》になれば、どこの会社も受けいれてはくれないだろう。

大きなリスクは承知していたが、今は美少女の喜ぶ顔が見たい。

この先、どんな運命が待ち受けていようと、忘れられぬ思い出を作りたかった。

車を駐車場に停めるや、菜津美はシートベルトを外してバッグを手に取る。

「先生、早く行こ」

「ローターは、大丈夫？」

「うん、激しく動かなきゃ平気。先生のほうは？」

「ああ、今は小さくなってるから」

これから第三者と近距離での接点を持つだけに、緊張と不安は否めない。

亮平はひとつ深呼吸し、菜津美に続いて車から降りた。

男はペニスを紐で縛られ、女の子は膣の中にローターを仕込んでいる。こんな変態カップルの来館者が、今までいただろうか。

心臓の鼓動が跳ねあがるも、菜津美は顔色を変えずにエントランスに歩いていった。

いざとなると、度胸は女の子のほうがあるのかもしれない。

自動ドアが開き、レンガ色の絨毯が敷かれたロビーに足を踏み入れる。

まだ早い時間だけに、宿泊客の姿はなく、どうしても身が竦んでしまう。

(ええい、ままよ！　ここまで来たんだから!!)

亮平は意を決し、ロビーに向かってゆっくり突き進んだ。

カウンターの内側から、青いジャケットを着た二十代後半と思《おぼ》しき女性がにこやかな顔を向ける。

「いらっしゃいませ」

「こ、こんにちは……下畑です」

「お待ちしておりました」

急な頼みにもかかわらず、伯父は宿泊のリザーブをしてくれたらしい。

(伯父さん、ありがとう)

心の中で感謝した直後、打ち合わせどおり、菜津美がみやげ物屋の前から声をかけてきた。

「お兄ちゃん、お手洗いに行ってくるね」

「うん、わかった」

兄妹だと思われたのか、女性はいかにも微笑ましいといった表情を見せる。

亮平は宿泊カードに、「下畑亮平、菜津美」と書きこんでから苦笑を洩らした。

(兄妹じゃなくて……ホントの夫婦みたい)

今回の一泊旅行は、新婚旅行そのものではないか。

甘いシチュエーションに胸が躍り、一分一秒でも早く部屋に行きたかった。

「お食事は、何時になさいますか？　六時と七時になりますが」

「あ、それじゃ……六時に、部屋でお願いします」

この保養所では、役職の高い人物が宿泊したときだけ部屋食を選択できるのだ。

(まさに、副社長の威光だよな)

最高級の部屋でも一泊一万円で宿泊できるのだから、懐《ふところ》にも優しい。少女がどんな反応を見せるのか、想像しただけで口元が緩んだ。

「ごゆっくり、お過ごしください」

「ありがとうございます」

ルームキーを受け取り、ロビー内をうろついて菜津美を待ち受ける。

(やけに遅いな、どうしたんだろ？　まさか、ローターを外してるとか……あ、来た)

通路の奥から歩いてくる彼女を目にしたとたん、亮平はあっという声をあげた。

(け、化粧してる!!)

ナチュラルメークがよく似合い、あまりの美少女っぷりに口をあんぐりさせる。

「お兄ちゃん、行こ」

「ど、どうしたの？」

「何が？」

「その化粧」

「せっかくのお出かけだもん。おめかしぐらいしたって、いいでしょ」

エレベータに向かう最中、艶々したピンクのリップに胸が騒いだ。すぐにでもしゃぶりつき、心ゆくまで唇を貪《むさぼ》りたかった。

(か、かわいい！　かわいすぎるぞっ!!)

牡の欲望が一気に全開し、股間の逸物がピクンと反応する。部屋に着くまで、とても我慢できそうになかった。

「ロビーは広いし、おみやげ屋もあるし、ちょっとしたホテルみたい」

「き、気に入った？」

「うんっ！」

エレベータに乗りこむや、ズボンのポケットに手を突っこみ、さっそくリモコンの電源をオンにする。

とたんに少女は股間を押さえ、甘ったるい声で喘いだ。

「……あンっ！」

スイッチを次々に入れ替えると、腰をわななかせて腕にしがみつく。すでに目元は赤らみ、なんとも色っぽい表情に牡の本能が揺り動かされた。

「バツを受けてるのは……先生なんだよ」

「でも、気持ちいいでしょ？　俺のほうは痛いんだからね」

ズボンの下のペニスが充血し、根元に疼痛が走る。顔を歪めると、菜津美は男の急所に手を伸ばし、さわさわと弄《いじ》り回した。

「あ、うっ！」

「すごい……もうコチコチ」

淫情を堪えられず、華奢な肩を抱き寄せて唇にむしゃぶりつく。

舌を搦《から》め捕り、唾液を啜りあげると、海綿体にさらなる血液が流れこんだ。

「む、むぐっ！」

「ふふっ、そんなに痛いんだ？」

「はあはあ、早く外してよ」

「まだだめっ」

小悪魔美少女は唇をほどくや、勝ち誇った笑みを見せ、亮平はすかさずリモコンのスイッチを「強」に入れ替えた。

「あぁぁンっ！」

嬌声が響いたあと、エレベータが最上階に到達し、二人同時に平静を装う。廊下側に人の姿はなく、亮平はホッとしながらリモコンの電源をオフにした。

「あぁン、このおもちゃ……すごいよ」

「早く行こう、こっちだから」

ペニスは今や完全勃起し、一刻も早い放出を求めているのだ。

菜津美の手を引っ張り、廊下の奥に向かってズンズン突き進む。部屋の鍵を開け、室内に入ると、少女の目が輝きを増した。

「うわ、すっごく広くてきれい！　畳敷きに低いベッド、和洋折衷《せっちゅう》の部屋なんだ！

あっ……!?」

彼女はバッグを放り投げ、息せき切って広縁に歩み寄る。

「すごいよ、渓谷が見える！」

「いちばんいい部屋だからね。眺めが素晴らしいだけじゃないんだよ。こっちに来てごらん」

亮平は部屋の右サイドにある扉を開け、菜津美を中に促した。

「え、何？　あぁ……露天風呂だぁ」

「もちろん大浴場もあるけど、露天風呂があるのはこの部屋だけなんだよ」

脱衣場の正面にあるガラス戸を開けば、湯煙がもうもうと立ちこめている。

決して広くはないが、解放感があり、露天の風情《ふぜい》を味わうには十分だ。

感動したのか、菜津美は惚けたままピクリとも動かない。

亮平は口元をにやつかせ、またもやローターを稼働させた。

「あ、ンっ!?」

美少女は目をとろんとさせ、唇を舌でなぞる。首筋から熱気と発情臭がムワッと立ちのぼり、連動するかのごとく股間の逸物がいなないた。

（あつっ！）

苦悶の表情を浮かべるや、菜津美は熱い眼差しを向けて歩み寄る。そしてジーンズのホックを外し、紺色の布地を下着ごと剝き下ろした。

怒棒がビンと跳ねあがり、亀頭が赤黒く張りつめる。胴体にはミミズをのたくらせたような静脈が浮き、まがまがしいほどの昂《たかぶ》りを見せつけた。

「あぁン……すごい、こんなになっちゃって」

少女は鼻を鳴らし、腰を落として男根に舌を這わせる。ローターが膣肉を抉っているのか、舐めしゃぶっているあいだも腰をくねらせ、内股をすり合わせた。

「ンっ、ふっ、ン、ふぅン」

ちゅぼちゅぼっと卑猥な吸茎音が響き、根元の痛みも増していく。紐が皮膚にこれでもかと食いこみ、この状態では射精は厳しいかもしれない。

「あ、ぐぐっ」

脂汗を垂らして呻いた直後、菜津美はペニスを口から抜き取り、縋《すが》りつくような視線を向けた。

「先生、ローター外して……おチ×チン、挿れたい……もう我慢できないよ」

「お、俺も挿れたいけど、紐を外してくれないと無理だと思う」

「まだ……だめ」

「え、なんで？」

「コチコチのおチ×チン、挿れてみたいの」

「そ、そんなぁ」

泣き声をあげると、美少女は床に腰を下ろし、後ろ手をついてスカートをたくしあげる。下着は穿いておらず、すっかり溶け崩れた女の園に心臓がバクンと高鳴った。

「パ、パンティ……脱いでたんだ」

「先生、抜いて」

「あ、ああ」

膝をついて身を屈《かが》めると、彼女は足を目いっぱい広げ、丘のふもとに渦巻いていた媚臭がふわんと立ちのぼる。根元がなおさら痛むも、亮平は秘裂から飛びでたコードをそっとつまんだ。

「あ、あ、あ……」

口を微かに開け、瞳をしっとり潤ませた容貌がなんとも悩ましい。

「と、取るよ」

「早く、早く抜いて」

陰唇のあわいからローターが顔を覗かせ、モーター音がひと際鳴り響く。よほど気持ちいいのか、腰や美脚は小刻みな痙攣を起こしている状態だ。

生唾を飲みこんでから引っ張れば、卵形の物体が膣からにゅるんと抜け落ち、恥骨が前後に激しく振られた。

「あ、ふわぁっ」

菜津美は床に倒れこみ、アクメに達したのか、腰をぶるっぶるっとわななかせた。

「はあはあはあっ」

獲物を狙う鷹のような目つきになり、あこぎな淫情が一人歩きを始める。亮平は本能の赴《おもむ》くまま女芯にかぶりつき、膣前庭を舌先でほぐしては愛蜜を啜りあげた。

「んぐっ、んぐっ、あふぅぅっ」

牡の証はギンギンにいきり勃ち、今や無感覚の状態と化している。

一刻も早く挿入し、大量のザーメンを吐きだしたい。

亮平は菜津美をお姫様抱っこし、息を荒らげながら室内に戻った。

4

身体がふわふわし、まどろんでいるかのような感覚にどっぷり浸る。

掛け布団が捲られ、柔らかいシーツの上に寝かされても、菜津美は快楽の波間をたゆたっていた。

(あっ……先生)

目をうっすら開ければ、亮平は尖った視線を向けている。

なぜ、そんな怖い顔をしているのか。

疑問符が頭に浮かんだ瞬間、またもや股の付け根に快感が走り抜けた。

「あ、あぁ……」

股ぐらを見下ろせば、おどろおどろしい牡の肉が花園にぐいぐい押しつけられる。

息が詰まりそうな圧迫感は、最初のうちだけ。横に張りだした雁が入り口を通過すると、胴体がズブズブと埋めこまれ、総毛立つほどの快感が身を貫いた。

「い、ひぃぃぃっ!」

声を裏返して身を仰け反らせた直後、先端が子宮口をガツンと小突く。自然と腰が浮き、菜津美はシーツに爪を立てて顔を左右に打ち振った。

「やあぁ、やぁあぁぁっ!」

「ぬおおおぉっ!」

亮平は雄叫《おたけ》びをあげ、腰をしゃにむに振りたてる。

肉の砲弾を絶え間なく撃ちこまれ、色とりどりの閃光が頭の中を駆け巡った。

（あ、すごい、すごいよぉ！）

今はもう、破瓜《はか》の痛みは少しもない。切ない痺れが子宮を灼き、甘い衝動に生毛《うぶげ》が逆立つ。

菜津美は女の悦びに身を委ね、この世の幸せを心の底から嚙みしめた。

「先生、好きっ！　愛してるよぉ」

「お、俺も愛してる！　絶対に離さないから!!」

情熱的な言葉が快楽のスパイスと化し、骨まで蕩けそうになる。

この人を好きになってよかった、本当の夫婦になれたと思った刹那、大粒の涙がぽろぽろこぼれた。

ゴツゴツの男根が猛烈な勢いで抜き差しを繰り返し、熱い塊が身体の奥底から迫《せ》りあがる。やがて全身が浮遊感に包まれ、天空に舞い昇ると同時にまばゆい光の中に放りだされた。

「ああっ、イクっ、イクっ！」

「お、おおっ、俺もイキそうだよ！」

「イッて、いっしょにイッて！　中に出してぇっ!!」

膣内をいっぱいに満たした肉筒がドクンと脈打ち、甘美な陶酔のうねりが津波と化して押し寄せる。

「やっ、やっ、イクっ、イクっ、イッちゃうぅぅっ!!」

「お、俺もイクっ!　ぬおぉぉっ!!」

頭の中を白い膜が張り、弾けるような快感が背筋を突き抜けた。

セックスで初めて絶頂に達した満足感から、腰を激しく打ち揺すった。

身も心もとろとろに蕩け、今は自分がどこにいるのかもわからない。

快楽の奔流に流されつづけ、脳の芯まで桃色に染まる。

熱の波紋が徐々に失せるや、菜津美はヒップをシーツに落とし、太い首に両手を回して甘い口づけをせがんだ。

「先生……キスして」

亮平は腰の動きを止めたまま、苦悶に顔を歪めている。歯を剝きだし、額には汗の粒がびっしり浮かんでいた。

「……先生?」

「くっ、くっ」

「ど、どうしたの?」

「い、痛い……射精……できなかった」

「え……あっ」

ペニスを拘束していたことを思いだし、慌てて飛び起きる。

「やぁン、早く抜いて」

「あつ、あつつっ」

ダーリンは腰を引いてペニスを引き抜くも、よほどの痛みがあるのか、金縛りにあったように動かない。

菜津美はすぐさま四つん這いになり、剛直の根元を縛りつける紐に手を伸ばした。

赤黒い肉筒はパンパンに膨張し、太い青筋は今にも破裂しそうだ。

結び目をほどいても、紐は皮膚の中に食いこみ、血がうっすら滲《にじ》んでいた。

「あ、ぐうっ」

「もう少し我慢して」

彼の顔面は真っ赤に染まり、顎から汗がだらだら滴り落ちる。

浮気の代償として淫らなバツを与えたが、もう十分なのではないか。

紐を慎重に外す最中、肉棹が突然しなり、ふたつの肉玉がキュンと吊りあがった。

「やンっ！」

拘束が緩み、おちょぼ口に開いた尿道から白濁液が一直線に放たれる。

「あ、あおおぉぉっ！」

亮平は顎を突きあげ、特濃ミルクを延々と迸《ほとばし》らせた。

液玉の散弾が口元、唇、口の中へと放たれ、強烈な栗の花の香りに噎《む》せかえる。

それでも嫌悪は微塵もなく、愛おしいと思える自分が不思議だった。

傷口を舌で優しく撫で、いまだに硬直状態の男根をゆっくり咥えこむ。そして亀頭にへばりつくザーメンを舐め取り、喉をコクンと鳴らして飲みこんだ。

「あ、菜津美ちゃん、気持ちいい……おおっ、おおっ」

頭上から洩れ聞こえる歓喜の声に、子宮の奥がキュンと響く。

交合の悦びを知った少女は、幸福感に満たされながら愛する人のペニスを隅々まで舐めしゃぶった。

「あ、あ、すごい……チ×ポが溶けちゃいそうだよ」

「はぁ……ふうっ」

濃厚な樹液を喉の奥に流しこんだあと、ペニスを吐きだし、仰向けに寝転ぶ。

快楽の余韻はいまだに身を痺れさせ、心のハープを掻き鳴らした。

どのくらい意識を朦朧《もうろう》とさせていたのか。気がつくと、顔に柔らかい布地が当てられ、目を開ければ、亮平がハンドタオルで汚液を拭き取っている。

「……先生」

「ごめんね、たっぷり出しちゃって」

「うん、いいの……キスして」

腕に手を絡めてせがめば、彼はにっこり笑って答えた。

「その前に、ちょっと待っててね」

ダーリンは背を向け、部屋の隅に走り寄る。そしてバッグの中から小さなケースを取りだし、息せき切って戻ってきた。

「な、何?」

「プレゼントだよ」

上蓋が開き、きらきらと輝くリングに目を見張る。

「ど、どうしたの?」

「バイトの帰りに買っておいたんだ……結婚指輪だよ。安くて、申し訳ないけど」

「ううん、そんなことない!」

「はめてごらん」

菜津美は指輪を手に取り、左手の薬指にゆっくりはめた。

「夫婦なのに、先生はおかしいんじゃない？　呼び捨てでもかまわないよ」

熱い感動が胸の奥に広がり、あまりのうれしさに涙がとめどなく溢れる。この先、どんな困難が待ち受けていようと、彼とならすべて乗り越えられる気がした。

「せ、先生」

赤子のようにしがみつき、亮平を押し倒して口元にキスの雨を降らす。

「あ、ちょっ……」

浮気されたこともすっかり忘れ、今の菜津美は幸福感を心の底から味わっていた。

5

翌日の四日、保養所をあとにした亮平と菜津美は、近場の遊園地に寄ってから帰宅の途についた。

遊び疲れたのか、あどけない少女は助手席ですやすや眠っている。

（機嫌がなおってよかった……やっぱり、指輪がきいたのかな）

昨日は夕食を済ませたあとに露天風呂で一回、ベッドに戻ってから一回、朝起きてからも愛の交歓をしてしまった。

合計四回も射精してしまい、さすがに今日の夜はぐっすり眠れそうだ。

最初のエッチは野獣と化したが、二度目以降はまったりした時間の中で心ゆくまで愛し合った。

確かに、新婚旅行だと言っても過言ではない充実した時間を過ごせたと思う。

アパートに到着し、車を駐車場に停めてエンジンを切る。

起こすのは気が引けたが、亮平は細い肩に手を添え、優しく揺り動かした。

「菜津美ちゃん、着いたよ」

「え……もう着いたの？」

「……うん」

「今、何時？」

「もう六時過ぎだよ……さ、部屋に戻ろうか」

少女は寂しげに目を伏せ、コクリと頷いてバッグを手に取る。ところが車を降り、階段に向かったところで突然立ち止まった。

「あ、いけない」

「どうしたの？」

「生理用品、買うの忘れてた」

「そんなの、明日買えばいいんじゃない？」

「でも、今晩来たら困るし。ホントは一昨日買うはずだったのに、美貴たちに会っちゃったから……ちょっと、薬局に行ってくるね。すぐに帰ってくるから」

「うん、気をつけて」

心配ではあるが、男の自分ではさすがに生理用品は買いづらい。

（薬局までは五分もないし、まあ……大丈夫だろ）

菜津美を見送り、重い足取りで階段を昇っていく。照明のついていない部屋に入ったとたん、言葉では言い表せぬ寂寥《せきりょう》感が押し寄せた。

祭りが終わったときの感覚に似ているだろうか。

おそらく、彼女もまったく同じ気持ちだったに違いない。

（ゴールデンウイークも、明日で終わりか……これからどうなるんだろ）

菜津美の熱い想いに引きずられてしまったが、どう考えても、こんな生活が長続きするわけはないのだ。

（かといって、解決策なんか浮かばないし……ああ、どうすりゃいいんだ）

リビングの中央で頭を掻きむしった瞬間、スマホが軽快な着信音を響かせた。

「な、なんだ？　菜津美ちゃんじゃないか」

通話ボタンをタップすると、スピーカーから切羽詰まった声が聞こえた。

「先生っ!?」

「あ、うん」

「いい？　よく聞いて！　あたしがそこにいること、絶対に言っちゃだめだからね」

「は？　何言ってんの？」

「いいから！　奥さんの言うことを信用して！　あたしのことは知らないって、最後までそう言いつづけるんだよ!!」

只事ではない雰囲気に慄然とするも、電話はそこで切れてしまい、亮平は茫然自失した。

（な、なんだよ、今の電話……）

かけなおそうとしたところでインターホンが鳴り響き、心臓がバクンと大きな音を立てる。

「は、はい、どなたですか？」

「警察です。飛永菜津美さんという少女のことでお聞きしたいことがあるんですが、玄関口までお越し願いませんか」

なぜ、警察が自分のところに……。

誘拐犯として目星をつけたのか、それとも単なる聞きこみか。

(い、いや……聞きこみで警察が俺のところまで来るとは思えない。きっと……ばれたんだ)

ついに、破滅の瞬間が来てしまった。

顔から血の気が失せ、両足がぶるぶる震える。

「下畑さんっ！」

「は、はい、今開けます」

ざらついた男の声にタマが縮みあがり、この世から消えてしまいたくなる。

(もう、だめだ……あきらめるしかない)

亮平は覚悟を決めると、玄関口によろよろ歩み寄った。

エピローグ

三日後の七日、日曜日。

亮平の部屋に菜津美、美貴、亜弥の仲よしグループが集まった。

「先生、まだ顔色が悪いよ」

「いまだに生きた心地がしないんだよ」

菜津美の言葉に消え入りそうな声で答えると、美貴が頬をプクリと膨らませた。

「びっくりしたよ……予定では連休最終日のはずだったのに、前の日に連絡してくるんだもの」

「ごめんごめん、緊急事態が発生しちゃったから」

菜津美は買い物を済ませて帰宅した際、アパートの階段を昇っていく厳つい顔の二人の男を目にし、刑事ではないかと直感したらしい。

電話では対応策を伝えることしかできなかったが、まさに危機一髪。タイミングが少しでもずれていたら、亮平は間違いなく逮捕されていたのだ。

「でも、よくばれなかったね。刑事の人、怪しいと思ったんじゃない？」

亜弥の問いかけには、素直に頷《うなず》くしかない。あのときは、確かに挙動不審と思われても仕方ないほど動揺したのである。

刑事の話によると、聞きこみをするなかで、菜津美によく似た女の子が二十代前半の男性と歩いているところを目撃したという情報があったらしい。

二度の外出のどちらか、やはり身近な人間に見られていたのだ。学校の教師や塾の講師など、該当する男に話を聞いて回っていると説明されたが、本当に危なかった。

「もうだめだと観念したんだけど、菜津美ちゃんの『知らないって言って』という言葉を思いだしてね……一世一代の演技で、なんとかごまかしたよ」

菜津美は二人の友人に連絡して事情を話し、かねてからの計画を一日早く実行した。すぐさま美貴の家に向かい、家出中はずっと彼女の部屋にいたと、母親に連絡を入れたのである。

美貴がまたもや、膨れっ面《つら》から愚痴をこぼす。

「ママに、すごい怒られたんだからね。家出の手助けをするとは何事かって！　菜津美の家にいっしょに謝りに行ったし、これからはしっかり監視するって言われちゃったよ」

「あたしも怒られた。家出を勧めたのは、あたしだってことにしたから……菜津美のとこは大丈夫だったの？　パパが車で迎えにきたんでしょ？」

「うん、パパは別居が原因なのかって反省してたし、ママは後ろめたい気持ちがあるのか、ただ泣いてるばかりだった」

「まあ、なんにしても、予定どおりに丸く収まってよかったんじゃない？」

美貴が憮然とした表情で呟くと、亮平は頭をペコリと下げた。

「二人には迷惑かけちゃって、ホントにごめん。でも、菜津美ちゃん……どうして計画のこと、前もって話してくれなかったの？」

「旅行から帰ったあと、話そうと思ったの。第一、そんな話する暇なんてなかったじゃない」

言われてみれば、食事と睡眠以外は延々と愛を確かめ合い、遊園地ではアトラクションを目いっぱい楽しんだのだ。

今となっては、小学生の女の子に四回も迫った自分が情けない。

「温泉旅行に行ったんでしょ？　いいなぁ、たくさんエッチしたんだ？」

亜弥がうっとりした顔で呟《つぶや》くと、菜津美は熱い一夜を思いだしたのか、頬をポッと赤らめた。

何はともあれ、最悪の結末を免《まぬか》れ、亮平は本当によかったと胸を撫で下ろした。

「いっしょに住むことはできなくなったけど、これからは通い妻になるからね」

「……へ？」

ドキリとして背筋を伸ばせば、美貴があいだに割って入る。

「一人で通うなんて、それがばれたら、先生にまた迷惑かけることになるじゃない。あたしも来るから」

「あたしも！」

亜弥が同意して手を挙げると、菜津美はとたんに気色ばんだ。

「ちょっ、ちょっと……何考えてんの？」

「……亮平先生、立って」

「あ、う、うん」

言われるがまま腰を上げると、長身の少女はすかさずハーフパンツとトランクスを下ろし、ペニスを剝きだしにさせた。

「……あっ！」

胴体を握りしめるや、シュッシュッとしごかれ、肉筒が節操なく膨張していく。

「ずるい！　あたしもっ!!」

巨乳少女も負けじと身を寄せ、亀頭冠と雁首を弄《いじ》り回した。

「あ、そ、そんな……」

いきり勃つ男根を呆然と見下ろす一方、熱感が腰を打つ。

「ど、どういうつもり？」

「いいじゃない、さんざん協力してあげたんだから、少しくらい分けてくれたって」

「分けるって……」

「それにあんた、今日は生理でしょ？　代わりに、あたしが亮平先生を満足させてあげるの」

「美貴だけじゃ、不公平！　あたしだって、満足させられるんだから！」

「おふっ！」

亜弥は鈴口に指をすべらせ、えも言われぬ官能電流が身を貫いた。

「浮気は……許さないから」

「……ひっ！」

菜津美の鋭い眼光に身を縮みあがらせるも、股間の中心で渦巻く情欲は少しも怯まない。

「い、いや、こんなことはいけないことで、やっぱり……くふうっ」

「やぁン……血管がドクドクしてるぅ！」

「だめぇぇぇっ！」

堪忍袋の緒が切れたのか、美少女が二人を押しのけて怒張を鷲摑む。

「きゃっ！」

「やンっ！」

「ダーリンのおチ×チンは、あたしだけのものなんだから!!」

小さな口で宝冠部を咥えこまれ、亮平は驚愕の展開に面食らった。

「いいもん！　あたしは、おチ×チンの横を舐めるから」

「じゃ、あたしはタマタマを……」

美貴が右サイドからペニスの横べりを、亜弥が左サイドから片キンに吸いつく。

（ぬおおぉぉっ！　トリプルフェラだぁ!!）

ちゅぷちゅぱっ、ぬちゅ、こきゅっこきゅっ、ぐちゅるぷぷっ！

淫猥な吸茎音が高らかに鳴り響き、射精願望がいやが上にも沸点に導かれた。

「あ、あ、そんなに激しくしたら……イッちゃう！」

「出して、たくさん出して！」

菜津美は口からペニスを吐きだし、手首のスナップを効かせて胴体をしごきたおす。

「二回目は、あたしのおマ×コの中に挿れて」

「美貴は三回目！　次は、あたしなの！」

「二人ともだめっ、一滴残らず搾り取るんだからっ‼」

「ぬ、ぬおおっ、イクっ、イックぅぅっ！」

「きゃあぁあぁっ！」

乳白色の塊が四方八方に飛び散り、少女らのあどけない顔を容赦なく穢した。

菜津美との同居生活は終わりを告げたが、美貴と亜弥が加わり、これからどんな事態が待ち受けているのだろう。

（でも、やっぱり……菜津美ちゃんがいちばんだよな。なんといっても、俺の奥さんだし！）

美貌の少女を見つめているだけでも、胸の高鳴りは増すばかりなのだ。

彼女の左手の薬指で、プレゼントしたリングが鮮やかなきらめきを放つ。

至福の快感と幸福感を味わいつつ、亮平はありったけのザーメンを迸《ほとばし》らせた。

◎本作品の内容はフィクションであり、登場する個人名や団体名は実在のものとは一切関係ありません。

◉新人作品**大募集**◉

マドンナメイト編集部では、意欲あふれる新人作品を常時募集しております。採用された作品は、本人通知のうえ当文庫より出版されることになります。

【応募要項】 未発表作品に限る。四〇〇字詰原稿用紙換算で三〇〇枚以上四〇〇枚以内。必ず梗概をお書き添えのうえ、名前・住所・電話番号を明記してお送り下さい。なお、採否にかかわらず原稿は返却いたしません。また、電話でのお問い合せはご遠慮下さい。

【送付先】 〒一〇一 - 八四〇五 東京都千代田区神田三崎町二 - 一八 - 一一 マドンナ社編集部 新人作品募集係

おさな妻《づま》 禁《きん》じられた同棲《どうせい》

二〇二二年 五 月 十 日 初版発行

著者◉諸積直人【もろづみ・なおと】

発行◉マドンナ社

発売◉二見書房

東京都千代田区神田三崎町二 - 一八 - 一一

電話 〇三 - 三五一五 - 二三一一(代表)

郵便振替 〇〇一七〇 - 四 - 二六三九

印刷◉株式会社堀内印刷所 製本◉株式会社村上製本所 落丁・乱丁本はお取替えいたします。定価は、カバーに表示してあります。

ISBN978-4-576-22052-9 ◉ Printed in Japan ◉ ©N.Morozumi 2022

マドンナメイトが楽しめる! マドンナ社 **電子出版** (インターネット)……https://madonna.futami.co.jp/

Madonna Mate